浪花朵朵

希腊神话

诸神故事和英雄传说

[法] 希尔维·博西耶 著

[法] 格温达尔·勒贝克 绘

陈剑平 译

上海人民美术出版社

图书在版编目（CIP）数据

希腊神话：诸神故事和英雄传说 / (法) 希尔维·
博西耶著；(法) 格温达尔·勒贝克绘；陈剑平译. —
上海：上海人民美术出版社，2020.12
ISBN 978-7-5586-1870-3

Ⅰ.①希… Ⅱ.①希… ②格… ③陈… Ⅲ.①儿童故
事–图画故事–法国–现代 Ⅳ.①I565.85

中国版本图书馆CIP数据核字(2020)第238554号

LA MYTHOLOGIE GRECQUE
By Sylvie Baussier (author) and Gwendal Le Bec (illustrator)
© Gallimard Jeunesse, 2014
Simplified Chinese edition rights arranged by BARDON-CHINESE MEDIA AGENCY

本书中文简体版权归属于银杏树下（北京）图书有限责任公司。
合同登记号：图字：09-2020-951

希腊神话：诸神故事和英雄传说

著　　者：[法] 希尔维·博西耶
绘　　者：[法] 格温达尔·勒贝克
翻　　译：陈剑平
项目统筹：康　华　尚　飞
责任编辑：罗秋香　徐　慧
特约编辑：丁侠逊
装帧设计：墨白空间·何昳晨
出版发行：上海人民美术出版社
　　　　　（上海长乐路672弄33号）
邮　　编：200040 电话：021-54044520
印　　刷：天津图文方嘉印刷有限公司
开　　本：787mm×1092mm 1/8
字　　数：110千字
印　　张：12.5
版　　次：2021年1月第1版
印　　次：2021年1月第1次
书　　号：978-7-5586-1870-3
定　　价：118.00元

读者服务：reader@hinabook.com 188-1142-1266
投稿服务：onebook@hinabook.com 133-6631-2326
直销服务：buy@hinabook.com 133-6657-3072
网上订购：https://hinabook.tmall.com/（天猫官方直营店）

目录

引 言

古希腊世界

古希腊历史可以追溯到公元前3000年，起源于克里特岛，其中心于公元前1000多年转移到迈锡尼。但直到公元前8世纪，古希腊才逐渐步入文明社会，类似于小型"城市国家"的独立城邦开始出现。众多城邦分布在伯罗奔尼撒半岛、希腊大陆、小亚细亚沿岸和意大利半岛南部；其中最为著名的是雅典，在公元前5世纪达到鼎盛时期。这些城邦都有着统一的语言——古希腊语，也有着共同的宗教信仰。

古希腊宗教

古希腊宗教是多神教，拥有一大批不老不死、力量强大和至高无上的神祇。希腊人为这些神祇修建庙宇，向他们献祭牲畜，举办诸如奥林匹克运动会等体育竞技活动来纪念他们，还用绘画和雕塑来展现他们的故事，并在宗教仪式上朗诵诗歌、演出戏剧。

神祇

希腊神话中的神祇大部分属于同一个家族，首领宙斯就是众神之王，是天空和雷霆之神。他们生活在希腊最高的山——奥林匹斯山上，所以被称为奥林匹斯诸神。这些神祇不满足只在远离凡间的山上生活！他们"相爱相杀"，经常变形，玩各种把戏，还时不时到凡间走一遭……除了我们耳熟能详的主神，还有许多次要神，如山林水泽中的神灵和仙女（也叫宁芙），以及人神结合诞下的英雄后代。

希腊神话

神话是关于诸神的一系列传说。希腊神话来源丰富，包括古希腊诗人荷马（公元前8世纪）的长诗《伊利亚特》和《奥德赛》，还有索福克勒斯、欧里庇得斯等古希腊剧作家的戏剧作品。古希腊神话在古罗马人手中得到了传承，继续被改编和传唱，但却在中世纪逐渐淡出人们的视线。直至文艺复兴时期，奇幻迷离的古希腊神话世界才又激起人们浓厚的兴趣，一大批古籍被重译，许多传说又被拾起。从那时起，一代又一代的艺术家用绘画、雕塑和其他艺术形式，持续不断地向我们讲述宙斯、赫拉、俄狄浦斯等希腊神祇和英雄的故事。

宙斯
奥林匹斯之王

我们知道，宙斯是众神之王，但他并非生下来就是王，而是从父亲克洛诺斯手中夺取了王位。自那以后他便一直统治奥林匹斯山，众神意见不统一的时候，就由他做主。宙斯娶了赫拉为妻，但他不是一位可靠的丈夫，为了追求别的女神或者凡人女子，他甚至不惜拿出变形的本领。

宙斯先是娶了智慧女神墨提斯为妻，两人有一个美丽的女儿：雅典娜。后来，宙斯又娶了赫拉。宙斯经常与其他女性交往，甚至与她们生下孩子，这让赫拉十分嫉妒不满。为了达到目的，宙斯使出了各种招数，比如为了接近美丽的欧罗巴，他化身为一头大白牛。赫拉有时会起疑心，亲自到凡间探个究竟。所以有一次，宙斯在和伊俄幽会时，为防止天后发现，竟把伊俄变成一头小母牛……不过，一旦与他有交往的女性或是他们共同的孩子遇到了麻烦，他一定会出手相助。

宙斯
众神之王
父母 克洛诺斯和瑞亚
兄弟姐妹 得墨忒耳、哈得斯、赫拉、波塞冬
和赫斯提亚
第一任妻子 墨提斯
与墨提斯生的女儿 雅典娜
与忒弥斯生的女儿 时序三女神和命运三女神
最后一任妻子 赫拉
与赫拉生的孩子 赫柏、厄勒梯亚、阿瑞斯
和赫淮斯托斯
其他子女（与其他女神和凡人所生）较为著名的有缪
斯众女神、英雄赫拉克勒斯、冥后珀耳塞福涅、酒神
狄俄尼索斯、光明之神阿波罗和众神使者赫耳墨斯
圣物 雷霆、闪电

盖亚和乌拉诺斯是最古老的神。宇宙之初，世界一片混沌（即卡俄斯，Chaos）。混沌中最先出现的是地神盖亚。她独自孕育了爱神厄洛斯，再是天神乌拉诺斯和一座座高山。接着，她与乌拉诺斯结合，生下许多后代：十二个泰坦神、三个独眼巨人、三个百臂巨人（各有五十个头和一百条手臂）。乌拉诺斯对这些子女不爱反恨，把他们都压回大地母亲盖亚的肚子里去了。只有最小的儿子克洛诺斯站了出来，解救了所有的泰坦神，推翻了乌拉诺斯的统治，并娶自己的姐姐瑞亚为妻。他们一起轮流统治世界。

乌拉诺斯
天空之神，第一代众神之王
母亲 盖亚
妻子 盖亚
孩子 十二个泰坦神（六男，包括克洛诺斯；六女，包括瑞亚）、三个独眼巨人和三个百臂巨人

盖亚
大地女神
独自孕育的孩子 爱神厄洛斯、天神乌拉诺斯和山脉
丈夫 乌拉诺斯
与乌拉诺斯生的孩子 十二个泰坦神（六男，包括克洛诺斯；六女，包括瑞亚）、三个独眼巨人和三个百臂巨人

克洛诺斯
第二代众神之王
父母 乌拉诺斯和盖亚
妻子 瑞亚
孩子 得墨忒耳、哈得斯、赫拉、波塞冬、赫斯提亚和宙斯

瑞亚
第二代天后
父母 乌拉诺斯和盖亚
丈夫 克洛诺斯
孩子 得墨忒耳、哈得斯、赫拉、波塞冬、赫斯提亚和宙斯

瑞亚和克洛诺斯是六位奥林匹斯神的父母。克洛诺斯得到一个神谕，说他的一个孩子会推翻他的统治，成为宇宙的主宰者。于是，每逢妻子瑞亚生一个孩子，克洛诺斯就吃掉一个。好在瑞亚总算救下了最小的宙斯：她把宙斯藏了起来，把一块石头包进襁褓，让克洛诺斯吞了下去。成年后，宙斯终于和克洛诺斯正面交锋了。他先是设计让父亲吐出了五个兄弟姐妹，然后和他们一起向克洛诺斯及其他泰坦神宣战，战争持续了十年。盖亚站在了宙斯这边，告诉他独眼巨人能助他取胜。最后，这场战争以宙斯获胜而告终，真如神谕说的那样，宙斯登上了奥林匹斯山之巅，开始了对世界的统治。

阿玛尔忒亚是抚养宙斯长大的众多仙女之中，我们唯一知道名字的一位。宙斯把给他喂过羊奶的山羊头上的一只羊角送给了她。阿玛尔忒亚想吃什么水果，这个魔法羊角就能变出什么水果，所以它被称作"丰饶之角"。

宁芙
自然界的次要女神
包括天神**乌拉诺斯的女儿们**，如曾经抚养宙斯的仙女们
也包括**宙斯的女儿们**
此外也指各种山林水泽的仙女们
形象 美丽的少女

逃脱父亲之口的宙斯

又一个孩子 瑞亚看着又一次隆起来的肚子，既欣喜又绝望：欣喜的是，又要有小宝宝了；绝望的是，之前的五个孩子没有一个长大成人。在她周围是死一般的寂静。她独自来到海边，非常难过。从来没有一个孩子来到她跟前，轻轻喊她一声妈妈；她也从来没有机会去看看每张可人的小脸。每一个让人心疼的孩子，她都欢天喜地地抱去给丈夫看，却无一例外地被他一口吞下。不论她如何哀求，克洛诺斯心中只有那可怕的神谕：他的一个孩子将夺走他的王位。他要不惜一切代价阻止预言应验，他要继续做宇宙的主宰者！事实上，他当年从父亲乌拉诺斯手中夺得王位的血腥经历，让他格外害怕这个神谕……

瑞亚的反抗 这次决不能再让无辜的孩子被吞吃了，决不能让悲剧再次重演！这一次，瑞亚要抗争到底！一天晚上，瑞亚偷偷来到了克里特岛上的伊达山，在一个山洞里产下一个满头卷发的男婴。瑞亚久久地看着这可爱的婴儿，心里只有满满的幸福！

她轻轻俯下身，充满慈爱地说："小家伙，我就叫你宙斯了！"

她小心地把孩子包好，藏到了山洞深处。之后，她又拿起一块和初生婴儿一般大的石头，用布条包了起来……

她抱着这块石头去找克洛诺斯，告诉他这就是他们刚出生的孩子。克洛诺斯为了不让神谕应验，看都不看一眼就把石头连同襁褓整个儿吞了下去！瑞亚只是木然地看着——这可是她头一回没有求情。克洛诺斯注意到了，自言自语道："她总算想明白了。"瑞亚心里七上八下的，她默默念道："可别让他看出我有多开心哪！"

吃完，克洛诺斯就到一边 "消化" 去了。瑞亚趁此机会赶回山洞，看她的小宝宝去了。

宙斯的保护者 瑞亚召集了祭司库勒忒斯们和宁芙仙女们。她先是低声对库勒忒斯们说:"勇士们,当宝宝哭闹的时候,哪怕是最微弱的哭声,你们也要想尽一切办法盖住。"

然后又对宁芙仙女耳语道:"仙女们,你们要悉心呵护这个孩子,满足他的一切需要,还要保证不论在天上、在地上,还是在海里,克洛诺斯都找不到他,让他好好长大。"

说完这一切,瑞亚最后一次亲吻了小宙斯的额头,接着便赶回残暴的丈夫身边。她知道,这是宙斯长大成人前母子见的最后一面了,而这第六个孩子能不能长大,就真的看他的命运了!

瑞亚走后,仙女们围过来看这个孩子,被小宙斯英俊的相貌深深吸引住了——尤其是那对炯炯有神的大眼睛。可是仙女阿玛尔忒亚说:"让众神之王克洛诺斯在天上、地上、海里都找不到他,这可不容易啊!"

大家一片沉寂。等了好一会儿,另一个声音兴奋地叫了起来:"我知道了,快随我来!"

只见那位仙女用树枝做了一个灵巧的小摇篮,轻轻地挂在山洞口的小树上,把孩子放了进去。这不就既没在天上,也没在地上,更没在海里嘛!

在秘密中度过的童年　小宙斯很快就饿了，开始哇哇大哭。库勒忒斯们赶紧高声唱起战歌，掩盖住了哭声。可是没有母亲的奶，该怎么把他养大呢？阿玛尔忒亚找来一只魔法山羊，用香浓的羊奶喂小宙斯。可几年以后，羊奶就不够喝了。聪明的阿玛尔忒亚说："那就再加点蜂蜜吧。"就这样，在蜂蜜和羊奶的滋养下，在高大的橄榄树下，在知了的鸣叫声中和鸟儿们的陪伴下，小宙斯一天一天地长大了。

　　长大后的宙斯身形健硕，英武超常，可烦恼也不期而至。抱着那只喂他奶的山羊，他总在心里问：亲生母亲到底是谁？山羊死后，宙斯就用它的皮做了一件胸甲。

　　终于到了该问明一切的时候了，他来到仙女中间，开了口："我的妈妈是谁呀？是你们中的一位吗？我的爸爸又是谁呢？"

　　等他知道了全部的真相，他为母亲不顾生死诞下他而感动，也明白一旦父亲知道了他还活着，他的处境会很危险。但他毫不惧怕，决意复仇。

可要谨慎　和克洛诺斯正面交锋前，宙斯必须做一番精心准备。他跑到大洋神女、智慧女神墨提斯那里询问计策。墨提斯给了他一瓶魔药，说："让你父亲把这药水喝下去。"

　　宙斯大喜过望，谢过她后便离开了。

　　宙斯和瑞亚的重逢很温馨，阔别二十年后，只需一个爱的眼神，就能胜过千言万语。宙斯带着魔药去见克洛诺斯。他没有透露自己的身份，只说这是世间罕见的美酒。克洛诺斯刚刚把药水喝下去，就狂吐不止，一口气把以前吞下去的五个孩子全吐出来了！

　　看到只给他们起过名的孩子们全都出来了，瑞亚兴奋不已。她一个个地叫着他们的名字：

得墨忒耳! 哈得斯! 赫拉! 波塞冬! 赫斯提亚!

但是时间紧迫, 宙斯很快就联合被救出来的兄弟姐妹, 开始了对抗克洛诺斯及泰坦神的战争。战争异常惨烈, 持续了整整十年。

宙斯成为新的宇宙之王

乌拉诺斯和盖亚生有三个独眼巨人, 分别是布戎忒斯 (雷霆)、斯忒洛珀斯 (闪电) 和阿耳革斯 (霹雳)。他们虽然只有一只眼睛, 却生性勇猛, 力大无穷。宙斯想尽快结束已经持续了十年的战争, 便去找盖亚帮忙。她对宙斯说:"放了我的孩子独眼巨人们——他们被乌拉诺斯和克洛诺斯囚禁在了地下深渊。"

宙斯听从了盖亚的吩咐。果然, 独眼巨人们帮助宙斯取得了决定性的胜利。克洛诺斯成了阶下囚, 奥林匹斯众神开始统治世界。可是, 应该如何划分天下呢? 独眼巨人们再次出面解围: 他们把雷霆和闪电送给宙斯; 又把一个巨大的三叉戟送给波塞冬, 让他能够搅动江海, 震撼大地; 哈得斯则得到一个隐身头盔。看着手中的圣物, 大家隐隐看到了自己的未来。

哈得斯小声嘀咕着:"我得去统治死者的国度了。这不公平, 我还想和兄弟姐妹们一起享受奥林匹斯山的荣华富贵呢!"

波塞冬说:"从此以后我就是大海和河流的主人了, 我的怒火将会震撼整片大地!"

宙斯则心满意足地低吼:"我将成为天地间的主宰! 毕竟, 是我推翻了父王的统治!"

分好了这几位神的权力, 女神的权力分配自然就不在话下了。

赫拉
爱嫉妒的天后

赫拉是宙斯的姐姐，也是他唯一合法的妻子。这是不是一个美丽的爱情故事呢？不知道，但应该是个曲折的故事，因为宙斯和赫拉老是吵架！宙斯不是一位忠贞的丈夫——非常不忠，为此甚至花样百出。作为众女神之首和掌管婚姻的女神，赫拉可不会容忍这一切！

赫拉
已婚女性的保护神
父母 克洛诺斯和瑞亚
兄弟姐妹 得墨忒耳、哈得斯、
波塞冬、赫斯提亚和宙斯
丈夫 宙斯
孩子 赫柏、厄勒梯亚、阿瑞斯
和赫淮斯托斯
圣物 王冠和孔雀

赫拉 是一位美丽的女神，但也异常严厉。她虽然司掌婚姻，却与自己的丈夫麻烦不断：宙斯永远不会停止对其他女神和凡人发起新的征服！赫拉无法拿万人之上的丈夫出气，只好惩罚那些与他交往的女性，甚至连那些无辜的孩子也要跟着遭殃。

勒托 科俄斯和福柏（均为泰坦神）的女儿，比宙斯还要古老得多。她不得不在赫拉的仇恨中艰难求生：为了产下她与宙斯的孩子，她辗转漂泊到爱琴海上的一个小岛——后来被称为得罗斯岛（Delos，即提洛岛），意为"光明"。也有一种说法是，她逃到了遥远的北方，化身为一头母狼藏身于希柏里尔巨人之间。

勒托

父母 科俄斯和
福柏（均为泰坦神）
被宙斯引诱
孩子 阿耳忒弥斯和阿波罗

伊俄

祖先 大洋神俄刻阿诺斯
身份 阿耳戈斯公主
被宙斯引诱

伊俄 是宙斯疯狂追求的一位公主。曾有神谕告诉伊俄的父亲，他的女儿是属于宙斯的，如果不从就会招致祸患。为了保护伊俄不被赫拉的怒火所伤，宙斯把她变成了一头白色的母牛！但是赫拉竟要求宙斯将这母牛作为礼物送给自己，随即便交给百眼巨人阿耳戈斯看管。后来，伊俄逃到了埃及，被当地人奉为神祇。

阿尔克墨涅 是一位忠诚的妻子。为了得到她，宙斯趁着她的丈夫安菲特律翁在外征战，变成了他的模样！可怜的阿尔克墨涅，无辜被诱惑，却要承受丈夫的怒火。她和宙斯的儿子赫拉克勒斯也命途多舛，出生前出生后都受尽了天后赫拉的折磨。

阿尔克墨涅

祖先 宙斯与达那厄之子珀耳修斯
丈夫 提任斯王子安菲特律翁
在不知情的情况下被**宙斯引诱**
与宙斯生的儿子 阿尔喀得斯，即后来的
英雄赫拉克勒斯
与安菲特律翁生的儿子 伊菲克勒斯

天后的愤怒

梦中的婚礼 赫拉对宙斯充满了爱慕之情，正是宙斯把她和其他兄弟姐妹从父亲克洛诺斯的毒口中解救出来。赫拉在离希腊很远的地方由大洋神俄刻阿诺斯和大洋女神忒堤斯（均为泰坦神）抚养长大。当他们重逢时，宙斯已成为奥林匹斯山的主人。宙斯被美丽高贵的赫拉深深吸引，不久后便娶她为妻。他们的婚礼隆重而神圣。穿着纯白长裙的赫拉，和宙斯一起在四季如春的赫斯珀里得斯仙女花园里漫步，欣赏着盖亚送给他们作为贺礼的金苹果树。此时的赫拉可谓是享尽了天后的荣光！可是好景不长……

幻想首次破灭 这对爱侣有了一个女儿：厄勒梯亚，也就是掌管生育的助产女神。可赫拉发现宙斯待在奥林匹斯山上的时间越来越少了……很快地，她听到了一些传言。一开始，赫拉对这些闲言碎语是嗤之以鼻的。可是据说宙斯爱上了一位泰坦神的女儿——真有此事？！赫拉开始留心观察天地间发生的一切，发现美丽的勒托怀孕了，却没有人愿意说出孩子的父亲是谁。这时赫拉不再怀疑了：宙斯肯定背叛了她！她暴跳如雷，但是由于她不能对众神之王怎么样，她决定要惩罚那个偷走宙斯的心的人。她怒吼道："所有的土地，都给我听着，勒托要生孩子的时候，不许你们接纳她！让她在大地上无休止地游荡下去！"

只有一个地方敢违抗赫拉的命令：得罗斯，一座四处漂泊、土地荒芜的小岛。得知勒托能有一个栖身之地，宙斯如释重负，作为回报，他运用神力从海底升起巨柱，稳稳托起这座不幸的浮岛。

勒托便去了得罗斯岛。不久，她就感觉到了一阵阵分娩的疼痛。一天，两天……接连九天过去了，她痛苦极了，可是由于助产女神厄勒梯亚——赫拉的女儿——没有来到她的床边，孩子无法诞生！最后宙斯召来了众神的使者伊里斯（即彩虹女神），让她想办法引诱厄勒梯亚去勒托那里。

于是，伊里斯化身为彩虹，前去试探厄勒梯亚："我有一条世间罕见的黄金玛瑙项链，就在得罗斯岛上，只要你跟我过去，我就马上送给你！"

厄勒梯亚果然答应了。就这样，宙斯和勒托的爱情结晶诞生了，不是一个，而是两个神圣的孩子：阿耳忒弥斯和阿波罗。

伊俄和欧罗巴 那些不时回荡在希腊上空的雷声，是不是赫拉和宙斯在吵架的信号呢？不管是不是，奥林匹斯山的女主人还是经常受到嫉妒的折磨，因为她的丈夫仍在不断寻找掩盖自己不忠的方法。美丽的仙女伊俄是大洋神的后代。有一天，她做了一个梦，让她去勒耳那湖边和宙斯幽会。赫拉察觉到了异常。于是，向来无所畏惧的她亲自下到凡间，准备探个究竟。在千钧一发之际，宙斯把伊俄变成了一头白色的小母牛。

"这动物是什么？"赫拉质问道。

"正如你所见，是一头小母牛。"宙斯假装用一种漠不关心的语气回答。

"那就把它送给我吧。"赫拉说。

宙斯找不出拒绝的理由。就这样，困在动物身体里的伊俄落入了赫拉之手，被交给百眼巨人阿耳戈斯看管。这个家伙可没法愚弄！他睡觉的时候只闭上五十只眼睛，其余五十只眼睛睁着，继续盯人！宙斯不得不派赫耳墨斯前去杀掉他……为了纪念这位百眼牧羊人，赫拉把他的眼睛留了下来，用来装饰她的圣鸟白孔雀的羽毛。

众神之王宙斯为了追求美丽的女神和凡人女子，使出了上千种伎俩，尤其是他的变形能力。有一次，他看到美丽的欧罗巴公主在海边玩耍，立刻深深爱上了她。为了俘虏心仪对象的芳心，他摇身化为一头白牛——这也是因为神是不能以真实样貌在凡人面前现身的。化身白牛的宙斯在欧罗巴的脚边躺倒，少女温柔地抚摸它，胆子大一点后，还骑到它的背上！可她刚爬上牛背，公牛就起身冲入水中，直奔克里特岛……

一个英雄的诞生 阿尔克墨涅是珀耳修斯的后裔，丈夫是安菲特律翁。为了引诱忠贞的阿尔克墨涅，宙斯趁着安菲特律翁出征打仗的当儿，假扮成了他的样子，从音容笑貌到性格气质，全都一点不差地复制了。宙斯甚至还知道安菲特律翁每一点、每一滴的记忆！阿尔克墨涅怎么可能会怀疑呢？

就这样，众神之王和这位品格高尚的凡人结合了。安菲特律翁从战场上回来后，给爱妻讲述了惊心动魄的战斗故事。阿尔克墨涅惊讶地回答说，她已经知道这些故事。原来宙斯早就给她讲过了……安菲特律翁知道自己蒙受了耻辱。他想惩罚妻子，尽管妻子是无辜的。他点了一堆火，要把阿尔克墨涅烧死。可是宙斯让天空下起雨，把火焰给浇灭了。看到这不可思议的一幕，安菲特律翁明白了：真的不能怪罪于妻子，因为这是众神之王的旨意！

作为宙斯的爱情俘虏，阿尔克墨涅怀上了阿尔喀得斯——后来被称为赫拉克勒斯，意为"赫拉的荣耀"，因为正是赫拉铸就了他悲剧的一生。

宙斯非常自豪地宣布，珀耳修斯家族第一个出生的孩子未来将统治阿耳戈斯。他脑海里想的自然是阿尔克墨涅的孩子，可是赫拉怎会坐视不理？她偷偷地把自己的女儿、助产女神厄勒梯亚叫来，让她推迟阿尔克墨涅的产期。于是，助产女神让赫拉克勒斯的堂舅、同为珀耳修斯后裔的欧律斯透斯先出生了。

一个强大的小孩 宙斯不愿就此让步。他希望自己的孩子力大无穷，永垂不朽。只有一种方法能实现这两点……他把众神使者赫耳墨斯叫了过来，嘱咐他如此这般。晚上，赫耳墨斯把小赫拉克勒斯抱在怀里，上了奥林匹斯山，把他放在安睡的赫拉身边。赫拉克勒斯马上开始吮吸天后那带有魔力的奶水——他的力量立刻增强了！赫拉惊醒了，认出怀里正是自己万般憎恶的那个孩子，赶紧用力把他推开。可一切已经太迟了，神性的血液已经在赫拉克勒斯的血管里流淌！而最后甩落的几滴奶水飘散在天空中，成了星星点点的银河。赫拉克勒斯从此便成了天后赫拉的眼中钉、肉中刺，赫拉对他穷追不舍，发誓要毁了他。但她面对的是一个坚强勇敢的英雄！这位英雄没有犯任何错，却要遭到憎恨，因为赫拉不敢和真正犯错的人——宙斯——正面交锋。

赫拉克勒斯
建立十二项功绩的英雄

赫拉克勒斯是宙斯和凡人女子阿尔克墨涅的儿子，一生都在天后赫拉的仇恨中度过，后者发誓一定要将他铲除。但他不但勇猛威武，还足智多谋，所以尽管堂舅欧律斯透斯在赫拉的指使下，给他分配了一系列几乎不可能完成的任务，但他一路披荆斩棘，最终凯旋！

赫拉克勒斯 是宙斯的私生子，因此一生都活在赫拉的仇恨中。他历尽磨难，终于完成十二项壮举，被称为"赫拉克勒斯的十二功绩"（在罗马神话中，这位半神半人的英雄被称作"赫丘力"）。死后，赫拉克勒斯终于升上了奥林匹斯山，并娶了青春女神赫柏为妻。

赫拉克勒斯
大英雄
父母 宙斯和阿尔克墨涅
弟弟 伊菲克勒斯（阿尔克墨涅和安菲特律翁的儿子），比赫拉克勒斯小一天
堂舅 欧律斯透斯
妻子 墨伽拉、得伊阿尼拉和赫柏
圣物 狼牙棒、涅墨亚狮子皮

欧律斯透斯
心术不正的堂舅
父母 斯忒涅罗斯（珀耳修斯之子）
和尼喀珀
身份（在天后赫拉的暗中扶持下获得）
提任斯和迈锡尼的国王

墨伽拉
赫拉克勒斯之妻
父亲 忒拜国王克瑞翁
丈夫 赫拉克勒斯
生有多个孩子
（说法不一，一般说有三至八个）

欧律斯透斯 软弱胆小，心术不正。但在天后赫拉的撑腰下，他不仅当上了国王，还成了赫拉克勒斯必须服从的人。欧律斯透斯命令赫拉克勒斯完成十二项任务，为杀害自己孩子的行为赎罪。

19

墨伽拉 和赫拉克勒斯生了很多个孩子。可是天后赫拉使计令赫拉克勒斯发了疯，导致他误杀了自己的亲生骨肉。清醒之后的赫拉克勒斯懊悔不已，无颜面对墨伽拉，便让她转嫁比她小很多的侄子伊俄拉俄斯。

阿玛宗人
骁勇的女战士
祖先 战神阿瑞斯与和谐女神
哈耳摩尼亚
女王 希波吕忒

阿玛宗女战士 虽与外界通婚，但却只留下女婴。为了方便投掷标枪和拉弓射箭，她们会把自己的右乳切掉。她们骁勇善战，一生都献身于战斗。

斩妖除怪的大英雄

自出生就如影随形的磨难 赫拉克勒斯是众神之王宙斯和凡人女子阿尔克墨涅的儿子。阿尔克墨涅是安菲特律翁的妻子，她无辜被宙斯引诱，怀上了赫拉克勒斯。天后赫拉发誓要除去这个孩子，因为这是她丈夫不忠的印证！然而，宙斯设计让赫拉克勒斯喝了天后的奶水，从而获得超凡的力量。赫拉气得要哽咽了——自己竟然帮助了这个被她诅咒的孩子……她下定决心要尽快除掉小赫拉克勒斯，不能等他长大成人！

一天晚上，赫拉克勒斯和弟弟伊菲克勒斯正在酣睡，赫拉把两条大蛇放进了他们的房间。两条毒蛇悄无声息地向两个孩子逼近，伊菲克勒斯醒了，看到地上有如此怪物时，开始惊恐地大叫。可此时也醒了的赫拉克勒斯，却一声不吭，静待大蛇靠近。就在毒蛇想要张口的一瞬间，他一把抓住它们，用他有力的小手把它们活活扼死了，之后便若无其事地安然睡去。

狠毒的报复 看到自己的大蛇被年幼的赫拉克勒斯扼死了，赫拉气得大叫起来："这个孩子快把我逼疯了！"可就随着这句话脱口而出时，一丝诡异的笑容渐渐浮现在她嘴边。"对了，疯狂！疯狂才是击败宙斯这个儿子所需要的武器！"

她得等上几年，但她很有耐心，甚至还在等待过程中反复品味着复仇的快感。长大后的赫拉克勒斯英武逼人，骑马射箭样样精通，还娶了墨伽拉公主为妻，生了好几个孩子。可是，赫拉精心准备多年的复仇大计开始了。一天夜晚，赫拉施咒让赫拉克勒斯发了疯病，失去理智的他竟然杀死了自己的孩子！清醒过来之后，赫拉克勒斯懊悔不已，他去找了阿波罗神庙的神谕，神谕指点他去为欧律斯透斯效劳，以此赎罪。

如何对付一只有魔法的狮子 赫拉克勒斯一步步走进赫拉早已设好的圈套……他怅然地来到欧律斯透斯面前，做了自我介绍，后者目露凶光，命令道："你的罪行，只有最严苛的考验才可以洗刷! 给我拿涅墨亚狮子的皮来! "

这是赫拉克勒斯的第一个任务, 但在欧律斯透斯看来, 也应该是最后一个。这头可怕的巨狮有赫拉撑腰, 怎么可能轻易被降伏呢?! 赫拉克勒斯此行必死无疑。

英雄别无选择, 动身前往涅墨亚。在路上, 他砍了一棵橄榄树, 削成一根顺手的短棒。不多久, 就到了狮子盘踞的山头。赫拉克勒斯在山洞外藏了起来, 一待这个怪物把头伸出洞口, 利箭就像暴雨一样朝它射去。可奇怪的是, 箭碰到狮子的皮毛后, 竟全都弹落到了地上! 见此情形, 赫拉克勒斯一个箭步冲上前, 抡起短棒一顿猛打。可不论如何月力, 巨狮依然毫发无损。于是, 他一跃骑上狮背, 双手死死扼住怪物的喉咙, 愣是凭着神力把它给掐死了!

赫拉克勒斯剥下狮子的皮, 披在自己身上, 又把狮头戴在头上当作战盔, 就这样再次出现在欧律斯透斯面前, 后者吓得脸色惨白, 战战兢兢地说: "下一个任务, 杀掉勒耳那湖的九头蛇许德拉。不过要记住, 如果你活着回来, 不要到我这儿来, 站在城门口就好!"

一个长着九个头的蛇怪又该怎么办 第二项任务比第一项困难多了! 赫拉克勒斯向侄子伊俄拉俄斯请求协助, 因为他知道自己无法独自对抗这样一个怪物。到了勒耳那沼泽, 两人默契地配合作战: 赫拉克勒斯每砍掉一颗蛇头, 伊俄拉俄斯就用火把在伤口处猛烧, 不让蛇头再长出来。可是还有一个问题: 其中一个蛇头是不死的。赫拉克勒斯把这颗头也砍了下来, 把它埋在很深的地底下, 再用一块巨石压住。就这样, 赫拉克勒斯成功完成了第二个任务。然而, 面对如此强大, 为此遭人嫉恨的赫拉克勒斯, 欧律斯透斯还会使出更多的伎俩去对付他, 试图铲除他……

一项又一项考验　活捉厄律曼托斯山上的巨型野猪一点儿也不好玩! 这座位于阿耳卡狄亚的高山整个儿都被白雪覆盖。赫拉克勒斯用他那惊天动地的怒吼把野猪逼出了巢穴, 追得它在柔软的雪地里四处乱窜, 最终陷进了雪泥里。赫拉克勒斯把野猪扛在肩上送到迈锡尼, 却没有受到友好的欢迎: 欧律斯透斯被怪物吓坏了, 竟然躲进了一个青铜大缸里!

赫拉克勒斯很快就离开了, 接着是去活捉刻律涅亚山的赤牝鹿。这头鹿有着金色的角, 追捕这样的一头鹿真是对神的大不敬! 我们的英雄追捕这头鹿追了一年多, 总算用一支箭把她射伤了, 把她活着带回到欧律斯透斯身边。

斯廷法利斯湖的鸟也给他带来很大的麻烦: 它们身上长满了钢制的羽毛, 而且数量这么多, 赫拉克勒斯完全想不出要怎么消灭它们。幸运的是, 雅典娜伸出了援手, 赠予他取之不尽的箭, 让他能够射中鸟脖颈——它们身上唯一没有盔甲保护的部位, 从而将它们悉数射落。

看到赫拉克勒斯连连得胜, 欧律斯透斯恨得牙痒痒的:"你以为你很强大吗? 我一定要叫你颜面尽失! "他思索了片刻, 说:"去厄利斯国王奥革阿斯那里, 他的牛圈污秽不堪, 你去帮他打扫干净吧! "

但我们的大英雄才不会扮演仆人的角色呢。他轻轻松松地把附近两条大河改了道, 大水直冲牛圈, 不到一天就把它冲得干干净净。

不远万里, 越战越勇　赫拉克勒斯已经出色地完成了六个任务, 可欧律斯透斯还是不满意! 他让赫拉克勒斯前往克里特岛。克里特国王弥诺斯把本应献给海神波塞冬的白神牛据为己有, 盛怒之下的波塞冬施法让这头白牛发起疯来, 在岛上到处乱跑, 毁坏庄稼。赫拉克勒斯制服了这头疯牛, 还骑上牛背, 让牛乖乖地驮他回到希腊大陆。

接下来, 他要面对色雷斯国王狄俄墨得斯饲养的以人肉为食的母马——最好不要在这些地区旅行, 因为我们会被当作攻击目标! 我们的英雄赫拉克勒斯再次取得胜利。

在这之后, 赫拉克勒斯又得去带回阿玛宗女王希波吕忒的金腰带。女王本来已经答应以金腰带相送。可是赫拉假扮成一名阿玛宗女战士, 在他们之间挑起了争端, 引发了一场混战。大英雄认为自己被背叛了, 出手杀死了那位诚挚欢迎过他的女王, 夺走了金腰带。之后, 他又马不停蹄地赶到大地西边的尽头, 去牵回三头巨人革律翁的牛群。他向太阳神赫利俄斯借了一只金杯, 跨过了汪洋大海, 用狼牙棒杀死了革律翁, 完成了任务。总是躲在宫殿里的欧律斯透斯又提出一项极其艰巨的考验: 去赫斯珀里得斯姐妹的果园摘下赫拉的金苹果。赫拉克勒斯请泰坦神阿特拉斯帮忙摘下了苹果, 带上它们逃走了。"十二功绩"中的最后一项把赫拉克勒斯带到了冥国的大门前, 因为欧律斯透斯要求他把守护着冥国的三头犬刻耳柏洛斯活着带到他面前。赫拉克勒斯徒手与三头犬展开了搏斗, 成功地将它制服。此时, 欧律斯透斯的想象力已耗尽, 终于恢复了赫拉克勒斯的自由身, 让他重新拥有与英雄身份相称的骄傲和荣光——他奴役了赫拉克勒斯这么久, 却始终没能将后者的品格摧毁!

十二项功绩之后

通过这些考验之后, 赫拉克勒斯又经历了多次战斗。最后, 他娶了得伊阿尼拉为妻。得伊阿尼拉担心丈夫不爱她了, 就想用一个马人的血留住他的心, 没想到那是毒血。穿上沾了毒血的斗篷的赫拉克勒斯痛苦难忍, 投火自尽。宙斯把他接到了奥林匹斯山, 终于给了他永生……

哈得斯

冥国主宰者

哈得斯掌管着冥国，即亡灵去的地下世界。死去的灵魂必须要进入冥国，否则他们将无休无止地游荡，无法安息。没有人是开开心心地去冥国的，连哈得斯本人都不是：他更愿意待在奥林匹斯山，沐浴着金色的阳光。

哈得斯 这个名字的意思是"看不见的"。他的王国被划分为几块领地。大部分的亡灵在阿斯福代勒平原上游荡，他们灰蒙蒙的，神色哀伤。冥国的最深处是一个叫塔耳塔洛斯的地方，这里关押着十恶不赦的、"渎神犯上"的不义灵魂。在西边远处是爱丽舍乐园，这个地方舒适宜人，是正直之人和英雄的灵魂的居所。

哈得斯
冥王

父母 克洛诺斯和瑞亚

兄弟姐妹 得墨忒耳、赫拉、波塞冬、
赫斯提亚和宙斯

妻子 珀耳塞福涅

没有孩子

圣物 隐身头盔

刻耳柏洛斯 负责把守进出冥国的通道：活人不能进来，亡灵也不能离开。它有时不得不对付比自己更强大的人。俄耳甫斯用他那动人的音乐迷住了刻耳柏洛斯，从而进入冥国；赫拉克勒斯则在打败涅墨亚巨狮和九头蛇之后来到冥国的大门口，把刻耳柏洛斯带到了欧律斯透斯那里，但后来又把它送回冥国，让它继续履行看守的职责。

刻耳柏洛斯
地狱守护者

有着蛇尾的三头犬

父母 堤丰和厄喀德那

兄弟姐妹 双头狗俄耳托斯、
勒耳那湖九头蛇许德拉、
涅墨亚巨狮

24

得墨忒耳 没有和任何神结婚，但她和宙斯有一个女儿叫珀耳塞福涅，母女感情很好，冥王哈得斯却掳走了珀耳塞福涅，这也成了母女俩神话的开端。四季就是因为这次事件而产生的。另一个版本的神话告诉我们，海神波塞冬追求过得墨忒耳，她想变成母马来摆脱他，没想到波塞冬追上了她，也变成了一匹马，进而与她结合，这样就有了后来的神马阿瑞翁。

得墨忒耳
谷物和丰收之神
父母 克洛诺斯和瑞亚
兄弟姐妹 哈得斯、赫拉、波塞冬
赫斯提亚和宙斯
与宙斯结合
孩子 珀耳塞福涅
圣物 麦穗、罂粟

珀耳塞福涅
冥后
父母 宙斯和得墨忒耳
被迫与冥王哈得斯成婚
没有孩子
圣物 水仙

珀耳塞福涅 原来的名字是可儿（Kore），在希腊语中就是"少女"的意思。后来她被冥王哈得斯掳走，名字才被改成了我们熟知的"珀耳塞福涅"。随着时间推移，她逐渐变得和她丈夫一样乖戾，终于成了名副其实的冥后。

25

卡戎
亡灵摆渡人
冥国守护神
父母 黑暗之神厄瑞玻斯和黑夜女神倪克斯
穿着破烂的老头
性格也**古怪乖戾**

卡戎 的职责就是把死者渡到冥国，在那里灵魂得以安息。当然，他提供这项服务是要拿报酬的。这也就是为什么希腊人在安葬死者时会在他们口中放一枚银币。卡戎只负责运营横渡斯堤克斯河（冥河）的船，自己并不亲自划船——这样的琐事得死者自己完成。

暴戾的冥王

可悲的胜利　哈得斯很不满意：他和兄弟姐妹们一起打败了泰坦神，击垮了父亲克洛诺斯，可是宙斯、得墨忒耳、赫拉和赫斯提亚登上了奥林匹斯山，在希腊的苍穹下过着梦幻般的生活；波塞冬自由自在地在广阔的大海中漫游；唯独他被贬到了冥国——深不见底的地下世界！他的确是一片辽阔疆土的主宰者，可是他永远都活在阴影中，永远被游荡的死人所包围，苍白的幽灵多得像是天空中数不尽的星星——而真正的星空他是再也看不见了。

冥国之王。死人们的国王。孤零零的一个人。

幸好当年独眼巨人们送了他一个隐身头盔。有了这个宝物，他就可以在烦闷的时候，悄悄地溜到凡间去透透气，缓解一下郁闷的心情。但这又有什么意义呢？在凡间，每个人都害怕他，甚至没有人愿意念他的名字，生怕触了霉头，所以他总是听到人们低语："冥国有普鲁托斯在等着我们！"普鲁托斯（plutos）在希腊语中是"富人"的意思。这么称呼他也没错，因为这位冥国之王拥有整个地球的财富——蕴藏着丰富金银矿产的土壤——和那些永远不能离开冥国的亡灵……

劫持珀耳塞福涅　这是一个阳光明媚的春日，哈得斯漫无目的地在乡间散步，隐约听到了年轻女孩们的笑声。他很高兴能暂时离开灰暗的地下世界，暂时把冥河摆渡人卡戎和他那傲慢的做派抛到脑后。卡戎当然是不可或缺的，因为是他负责把死者抬上他的船，带他们渡过冥河，而他终日忙碌所换来的不过是死者亲友放在死者嘴里的那一块银币。这个阴郁的老人总是抱怨不停，实在不是一个理想的伙伴！

哈得斯的隐身头盔已经戴好，谁也看不见他。在西西里岛恩纳的一片草地上，一群少女正在采花。他默默地看着她们，看了很久。他认出了雅典娜、阿耳忒弥斯、宁芙仙女们，还有可儿——宙斯和得墨忒耳的女儿。她的变化真大啊！当年那个吵吵嚷嚷的孩子，如今已变成一个美丽的少女！哈得斯的心一阵颤动。一种强烈的爱在他心里诞生了：他一定要得到可儿。

把这一切都尽收眼底的宙斯，此时也很犹豫：要把女儿嫁给冥王吗？她会怎么想？得墨忒耳那么爱女儿，又会怎么想？肯定会很心疼！然而众神之王没有采取任何行动。

再说哈得斯，他回去以后茶饭不思，寝食难安，好几次回来暗中观察心上人。一天早上，可儿像往常一样和同伴们玩耍。就在她低头采水仙花的一刻，哈得斯用隐形的手臂抓住了她，把她拖入了地下深渊。眨眼间，大地的缺口在她面前打开，又在她身后闭合，只留下那不幸的女孩一声令人心碎的尖叫。

失魂落魄的得墨忒耳 这一声撕心裂肺的呼喊得墨忒耳听得真真切切，她认出了女儿的声音，心猛地一沉：毫无疑问，她一定有危险！她急忙下了奥林匹斯山，直奔西西里岛。

得墨忒耳找到了雅典娜和其他少女，她们也在为玩伴的失踪伤心难过。可谁都不知道是怎么回事，只记得一团阴影突然罩住了她，下一秒她就不见了，好像被大地吞吃了一样。

得墨忒耳悲恸欲绝，发了疯似的满世界寻找。见人就问："你看到我的女儿了吗？你看到我的女儿了吗？"但是谁也没有答案。一连九天九夜，得墨忒耳滴水不进，不眠不休。她徘徊着，呻吟着，不停地呼唤女儿的名字。失去了丰收女神的护佑，花儿不再开放，落叶布满荒野，大自然正在消亡。

在冥国 与此同时，困在地下的可儿简直不敢相信眼前的一切。进入冥国时，她看到了张牙舞爪的三头犬刻耳柏洛斯；她撞上了冥河摆渡人卡戎恶狠狠的目光，这个怪老头对她纠缠不清，因为她没有使用他的渡河服务就进了冥国；然后她又看到了到处游荡的亡灵。这与她在西西里岛五彩缤纷的田野上无忧无虑的嬉戏形成了鲜明的对比——而那还是上一秒的事呢！只有哈得斯一个人心花怒放。平生第一次，他感到做冥国之王并不是一个悲剧。他想象着自己和这美丽的姑娘永远相伴……不过，可儿似乎一刻也不愿意待在这个地方。她和母亲得墨忒耳像是心灵相通似的，虽然阴阳相隔，却是一模一样的状态：滴水不沾，粒米不进。不管哈得斯给她带来什么菜肴——葡萄、橄榄、扁豆、卷心菜、谷——她连眼皮都不抬一下。直到一天晚上，哈得斯把一个剥开的石榴放在一张小桌子上，可儿不再坚持，吃了一颗石榴籽。只有一颗，可这就够了：任何人吃了冥国的东西，就永远是冥国的人了。

哈得斯用胜利的口吻说："现在你就是我的妻子了，以后我就叫你珀耳塞福涅！"

悲恸欲绝的母亲 苦寻女儿多日无果的得墨忒耳此时眼窝深陷，骨瘦如柴。这一天，她来到一个叫厄琉西斯的地方，听人们闲聊——也许会有人告诉她，她亲爱的女儿在哪里。她装扮成老妇人的样子，靠近一群老妇坐下，其中一个叫伊阿巴的十分有趣，说着说着把得墨忒耳都逗笑了——这可是可儿的悲剧发生后的头一回。她在那里住了下来，并向这里年轻的王子特里普勒摩斯传授了种植大麦和小麦的技术。这里的日子逐渐好了起来，可其他地方的庄稼却颗粒无收，人们开始挨饿了。

"不能再这样下去了。"宙斯说。得墨忒耳必须回到奥林匹斯山，恢复她的神圣职责，继续滋养大地。他深深叹息一声，动身前往一个无论是神灵还是凡人都不想去的地方：冥国。

　　宙斯命令他的哥哥哈得斯说："你必须把可儿还给她的母亲。"

　　"不可能，"后者答道，"我心爱的人吃了这里的一种水果，她必须留在这里。我已经娶了她，纵使你是众神之王，也不能逆转这一切！"

宙斯的安排
宙斯必须遵守冥国的法则，可也得保证大地丰饶多产。他想出了一个折中的办法，向哈得斯宣告了他的决定："你可以让你的妻子在一年之中陪伴你一段时间，剩下的时间，你得让她回到地面。"

　　说完，他又赶到厄琉西斯，向得墨忒耳解释说可儿现在已经属于冥国了。但他补充道："不过，只要你恢复你的神圣职责，我向你保证，一年之中至少有半年你可以与她相见。"

　　得墨忒耳只好同意了。从此以后，丰收女神一看到她心爱的孩子，地上就冒出嫩芽，万物竞相生长，生机无处不在——那就是春天和夏天。而当珀尔塞福涅与丈夫一起回到冥国时，母亲就再次绝望，无心履行她的职责——这时候就是秋天和冬天。

　　有一次，哈得斯和得墨忒耳曾在奥林匹斯山远远地见到过对方。哈得斯之所以会出现在那里，纯粹是为了治疗一次重伤。事情是这样的：宙斯之子赫拉克勒斯奉命把守卫冥国入口的三头犬刻耳柏洛斯带到欧律斯透斯面前。在刻耳柏洛斯身边，赫拉克勒斯撞见了冥王本人，并用箭把他射伤了，唯一能救他的方法就是把他送上奥林匹斯山接受疗愈之神的治疗。这是他最后一次见到得墨忒耳，也是他最后一次和其他神一样沐浴在阳光下。

古希腊艺术家主要是从公元前6世纪开始创作表现神祇和英雄的作品。古罗马艺术家延续了这一传统，直到公元5世纪罗马帝国灭亡。这些艺术作品当中，雕像是专为庙宇准备的，花瓶、壁画和马赛克墙饰等则装点着日常生活。

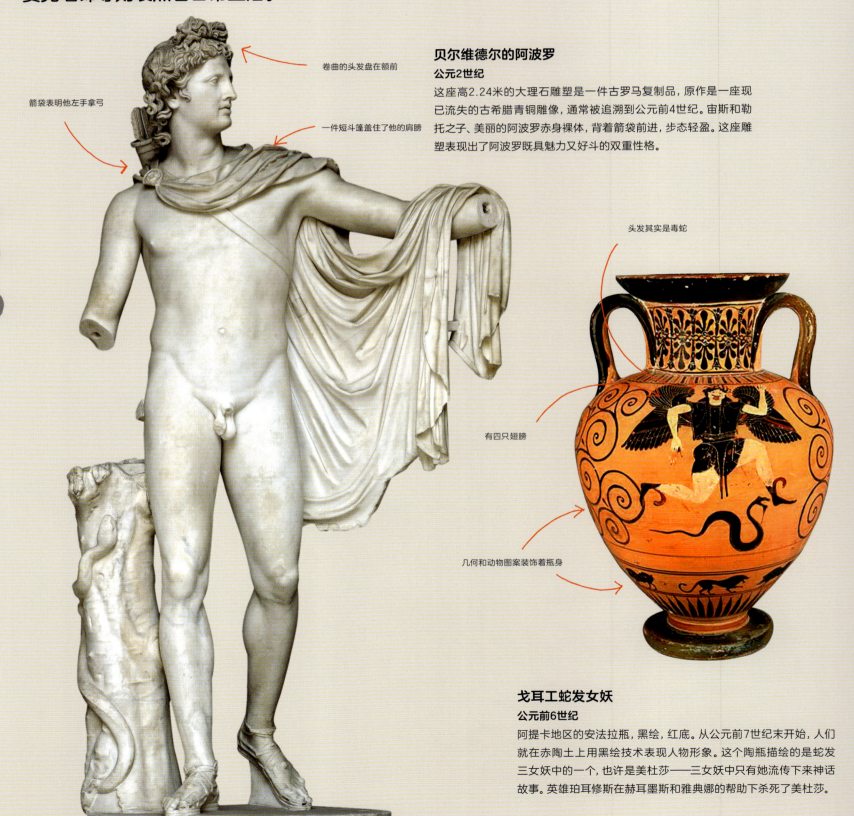

卷曲的头发盘在额前

箭袋表明他左手拿弓

一件短斗篷盖住了他的肩膀

贝尔维德尔的阿波罗
公元2世纪
这座高2.24米的大理石雕塑是一件古罗马复制品，原作是一座现已流失的古希腊青铜雕像，通常被追溯到公元前4世纪。宙斯和勒托之子、美丽的阿波罗赤身裸体，背着箭袋前进，步态轻盈。这座雕塑表现出了阿波罗既具魅力又好斗的双重性格。

头发其实是毒蛇

有四只翅膀

几何和动物图案装饰着瓶身

戈耳工蛇发女妖
公元前6世纪
阿提卡地区的安法拉瓶，黑绘，红底。从公元前7世纪末开始，人们就在赤陶土上用黑绘技术表现人物形象。这个陶瓶描绘的是蛇发三女妖中的一个，也许是美杜莎——三女妖中只有她流传下来神话故事。英雄珀耳修斯在赫耳墨斯和雅典娜的帮助下杀死了美杜莎。

30

古希腊和古罗马艺术中的神祇和英雄

掳掠欧罗巴
1世纪初

这幅湿壁画（画在新鲜灰泥上的壁画）出自庞贝古城——这座古罗马城市于公元79年由于维苏威火山爆发而被摧毁。这幅壁画表现的是欧罗巴被宙斯变成的公牛掳走的场景。少女被这头美丽的公牛吸引，因而坐上了牛背玩耍；众神之王立即冲向大海，将他的俘虏带到克里特岛。

欧罗巴侧身坐在公牛背上

宙斯化身为一头安静的公牛

这些少女是欧罗巴的同伴

奥德修斯被绑在桅杆上

半人半鸟的塞壬海妖正在魅惑水手

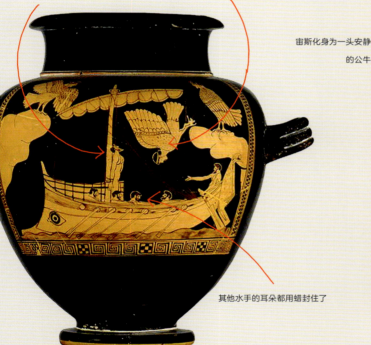

其他水手的耳朵都用蜡封住了

奥德修斯和塞壬海妖
公元前5世纪

红绘陶瓶。这项更为精巧的技术取代了黑绘陶瓶。艺术家们先是给陶瓶的整个表面涂上一层黑釉，然后在釉料上绘刻图案。在这里我们看到从特洛伊战争回来的奥德修斯。他让同伴把自己绑在了桅杆上，这样他就能听到塞壬海妖美妙的歌声，却不会受其蛊惑。

众多追求者围住珀涅罗珀

珀涅罗珀一心等待丈夫

伪装成乞丐的奥德修斯

珀涅罗珀和追求者
公元前450年

这件陶土雕塑可能源自米洛斯岛，最初是彩色的。它展现了珀涅罗珀背对她的追求者、只把正脸朝向丈夫奥德修斯的场景；时隔二十年，奥德修斯终于从特洛伊回到了故乡。珀涅罗珀拒绝了追求者的求婚，坚定地盼望着丈夫凯旋。而当奥德修斯回来后，他在射箭比赛中击败了这些年轻人，将他们悉数杀死。

阿佛洛狄忒
爱与美的女神

阿佛洛狄忒是一位极具魅力的女神，她的美貌令人倾倒，有时还会引发争端。这是一个非常刚强的女性形象！罗马人崇拜她，把她称为"维纳斯"：她是特洛伊英雄埃涅阿斯的母亲，埃涅阿斯是罗马神话中创建罗马城的罗穆卢斯和瑞摩斯两兄弟的祖先。

阿佛洛狄忒 一些神话版本认为，阿佛洛狄忒是一位远古的女神，比宙斯本人还要早得多。当时天和地还没有分开，天神乌拉诺斯将孩子都压回盖亚的肚子里，令盖亚苦不堪言。他们的儿子克洛诺斯挺身而出，推翻了父亲的统治，乌拉诺斯的鲜血溅落大海，孕育出了最美丽的女神：阿佛洛狄忒。

阿佛洛狄忒
爱与美的女神
天神乌拉诺斯和大海的女儿
丈夫 赫淮斯托斯
孩子（与战神阿瑞斯所生）
厄洛斯（小爱神）、安忒洛斯（互爱之神）、
得摩斯（恐怖之神）、福波斯（恐惧之神）
圣物 鸽子、香桃木、玫瑰

赫淮斯托斯
火与锻冶之神
父母 宙斯和赫拉
妻子 阿佛洛狄忒
兄弟姐妹 赫柏、厄勒梯亚和阿瑞斯
圣物 锤子、铁砧

赫淮斯托斯 心灵手巧，善于铸造各种匠器，据说火山口喷出来的熔岩就是他在地底深处锻造敲打时溅出的火苗。赫淮斯托斯技艺高超，样貌却很丑；与他形成鲜明对比的是，他的哥哥阿瑞斯高大帅气，却尚武好斗。

阿瑞斯
战神
父母 宙斯和赫拉
兄弟姐妹 赫柏、厄勒梯亚和赫淮斯托斯
与阿佛洛狄忒生的孩子
厄洛斯（小爱神）、
安忒洛斯（互爱之神）、
得摩斯（恐怖之神）、
福波斯（恐惧之神）
得摩斯和福波斯经常在战场上
陪伴阿瑞斯

阿瑞斯 不会选择为哪一方作战，只想参与战斗，好像只有在战场上他才能舒服自在。爱与美的女神阿佛洛狄忒不喜欢丈夫赫淮斯托斯，偏偏青睐有着完美体格的阿瑞斯，这是不是说明在古希腊，完美的体格（阿瑞斯正是这种理想的化身）比其他任何品质都重要？

内心痛苦的女神

无法自己做主的女神
阿佛洛狄忒美艳绝伦，她拥有一头金色长发，浑身散发着幽香，像女王一样高贵优雅，不但把众多神祇迷得神魂颠倒，也吸引了很多凡人。可是，阿佛洛狄忒却不能按自己的心意生活：她必须遵从宙斯的旨意，嫁给他的儿子赫淮斯托斯。

赫淮斯托斯心灵手巧、技艺超群，是天下第一的能工巧匠，但他的外貌却很丑，并且还是跛脚。虽然火与锻冶之神全心全意地爱着阿佛洛狄忒，后者却连正眼都不愿瞧他一眼。不幸的是，阿佛洛狄忒没有发言权，她的命运掌握在宙斯手中。在奥林匹斯山上，就像在希腊凡间一样，为爱结婚是非常罕见的。你必须服从父亲，或家族的首领。

狡黠的赫淮斯托斯
赫淮斯托斯为什么就跛足了呢？有人说是赫拉生出这么丑的孩子，感到很羞耻，就把他从奥林匹斯山上扔了下去。还有一说是赫淮斯托斯很小的时候，无意间目睹了父母在为赫拉克勒斯争吵，赫淮斯托斯为母亲辩护，结果惹火了宙斯，后者一怒之下才把他从奥林匹斯山上扔下去的。不论是谁干的，赫淮斯托斯实在是太倒霉了！

他后来也试图复仇，悄悄地做了一个华丽的黄金宝座，谁要是坐上去了就会永远被困住。他把这个宝座作为礼物献给了母亲赫拉。赫拉忍不住想坐一坐，结果就起不来了。她不得不把儿子叫回奥林匹斯山，央求他放开自己。

宙斯觉得这个天才的恶作剧很有趣，为了奖励赫淮斯托斯，他把赫淮斯托斯日思夜想的阿佛洛狄忒许配给了他。

婚姻的牢笼
阿佛洛狄忒的婚姻有名无实。直到她在奥林匹斯山上看到阿瑞斯时，她的眼睛才又有了光芒，她也才重新找到了微笑和取悦人的欲望。英俊的战神或许话不多，但看哪：他的肌肉多么有力，脸的线条多么完美！阿佛洛狄忒再没有更多的渴求了。两人开始在月光下约会……

一天早上，正在会面的两人突然被早起的太阳神赫利俄斯撞见了。这可成何体统！赫利俄斯转头就告诉了赫淮斯托斯。这位不幸的丈夫本可以大发雷霆，大喊大叫，甚至武力相向，可他没有这样做。他一言不发地走进自己的工坊，用肉眼看不见的纺织物做了一张坚实的魔法大网。

奥林匹斯上的笑柄　一天晚上，阿佛洛狄忒又和英俊的阿瑞斯见面了，但他们的快乐是短暂的：两人被赫淮斯托斯为他们"量身定制"的隐形大网给罩住了，一动都动不了。

愤怒的火与锻冶之神没有伤害他们，只是叫来了奥林匹斯诸神，让大家来好好看一看这对在大网中扭在一起的情侣！众神忍不住大笑起来。阿瑞斯和阿佛洛狄忒羞得满脸通红，甚至都不敢看对方。

看到目的达成，赫淮斯托斯就打开了网。一从网里出来，这对恋人就往相反的方向逃走了，阿佛洛狄忒径直奔向塞浦路斯岛，阿瑞斯则奔往色雷斯，两人的爱情也就到此结束了。

阿佛洛狄忒与阿多尼斯

阿佛洛狄忒听说，有个妇人声称她的女儿斯密耳娜比她还要漂亮。得了吧！为了教训这个不知天高地厚的妇人，阿佛洛狄忒让女孩陷入爱情，还怀了孩子！斯密耳娜绝望极了，她变成了一棵没药树，树干长啊，长啊，一天比一天粗壮……最后生出了一个可爱帅气的小男孩阿多尼斯！

阿佛洛狄忒把男孩托付给冥后珀耳塞福涅抚养，说好了等孩子长大便还给她。可珀耳塞福涅也喜欢阿多尼斯，想把他留在自己身边。宙斯不得不出面调解，裁定阿多尼斯一年中三分之一的时间与冥后在一起，三分之一时间与爱神在一起，而最后三分之一时间可以自己安排。少年阿多尼斯决定一年中三分之二的时间都待在爱神身边。一天，外出狩猎的阿多尼斯不幸被一头发狂的野猪撞死了。

金苹果之争

一天，纠纷与不和女神厄里斯宣布要将一个金苹果送给最美丽的女神。唯一要解决的难题便是裁定谁配得上这样的称号。

"我！"赫拉说。

"我！"雅典娜也喊了起来。

"当然是我了。"阿佛洛狄忒悄声说。

这要怎么选呢？她们不屑地看着对方，把肩膀往后一仰，一会儿调整服饰，一会儿又梳理长发，都想展现最美的一面……只有宙斯能够定夺。不想得罪人的他想了想，让众神使者赫耳墨斯带着三位女神去找伊达山上一位英俊的牧羊人。那个牧羊人叫作帕里斯。

这可把帕里斯难住了：他从没见过这样美丽的女子，不知如何选择！

习惯了发号施令的赫拉说："选我，我会让你成为世界的王者！"

雅典娜毫不退让地说："别害怕，快承认我才是最美的！作为回报，我会让你成为所向披靡的勇士！"

阿佛洛狄忒却笑得眼泪都要出来了，她轻声道："这些礼物算什么？看着我，你就知道该如何选择了。为了答谢你的诚实，我会把凡间最美的女子送给你！"

帕里斯的选择
牧羊人觉得赫拉太冷酷，雅典娜太严肃，而阿佛洛狄忒既迷人又亲切。他一个人孤零零的，没日没夜看管绵羊也很无聊，如果有人间最美的女子做伴，倒也不错。帕里斯不是一个爱说话的人，但此刻他只要说一个名字就够了："阿佛洛狄忒。"

这可气坏了赫拉和雅典娜，两人不想再听下去，直接飞回奥林匹斯山去了。

阿佛洛狄忒如愿得到了珍贵的金苹果，可正当她转身准备离去时，帕里斯追问道："那么，说好的人间最美的女子呢？"

阿佛洛狄忒蹙了蹙眉，似有难色。她心里明白，人间第一美女当然是半人半神的海伦了，可海伦是斯巴达国王墨涅拉俄斯的妻子啊……

阿佛洛狄忒信守诺言，把海伦给了帕里斯。于是就有了特洛伊王子——牧羊人帕里斯的真实身份——掳掠斯巴达王后海伦的传奇和因此爆发的惨烈的特洛伊战争……

雅典娜
希腊人的保护神

雅典娜经常介入世界上的各种事件，介入希腊人的生活，不论是普通人的还是英雄的。她是雅典城的守护神，把橄榄树赐给了人们；她也是纺织者的保护人；她还发明了耕地用的牛轭和世界上的第一艘船。不过，那些胆敢冒犯她或是不喜欢她的人可要小心了：雅典娜绝不留情。

雅典娜 是一位威严的女神。她保护了很多大英雄，比如阿喀琉斯、赫拉克勒斯和伊阿宋。由她抚养成人的厄里克托尼俄斯成为了传说中雅典早期的一位国王，半人半蛇的厄里克托尼俄斯是赫淮斯托斯的欲望与大地结合的产物。

雅典娜
理性、智慧与战争女神
父母 宙斯和智慧女神墨提斯
从未婚配，只是一手把赫淮斯托斯的儿子
厄里克托尼俄斯抚养成人
圣物 长矛、橄榄枝、猫头鹰
和盾牌

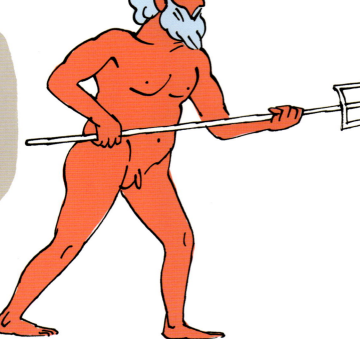

波塞冬
海湖之神
父母 克洛诺斯和瑞亚
兄弟姐妹 得墨忒耳、哈得斯、
赫拉、赫斯提亚和宙斯
妻子 安菲特里忒
孩子 特里同（和其他多个子女）
圣物 三叉戟

波塞冬 是一个比雅典娜年长的神，他是宙斯的哥哥，是第一代奥林匹斯神之一。他掌管所有的水域，在海底拥有一座宫殿。波塞冬渴望成为一座希腊名城的保护神，因此与雅典娜有了"雅典之争"，但最后未能如愿。

波塞冬和雅典娜的 "雅典之争"

破颅而出 在和赫拉结婚之前，宙斯曾与智慧女神墨提斯结合，墨提斯怀了个孩子。大地女神盖亚向宙斯揭示了他面临的一个诅咒——和乌拉诺斯、克洛诺斯类似的诅咒："如果墨提斯生下一个女儿，她将会再生一个儿子，推翻你的统治！"

众神之王的宝座刚坐热，宙斯当然不愿意这么快就拱手让人。所以，他简单粗暴地一口吞下了墨提斯。

时间一天天地过去，宙斯莫名地开始头痛，到了无法忍受的地步。他叫来了火与锻冶之神赫淮斯托斯，大喊道："用你的锤子敲我的头！"

赫淮斯托斯照做了，他拿起锤子，战战兢兢地向宇宙主宰者宙斯的头敲去。一锤下去，墨提斯的女儿雅典娜就从宙斯的头颅里蹦了出来，一出生就是全副武装的成年女子，她的战争号角声从大地的一端传到另一端！

雅典娜——国王的母亲 雅典娜是一位美丽的女神。跛脚的赫淮斯托斯对她心动了，尤其是在妻子阿佛洛狄忒爱上战神阿瑞斯之后。雅典娜竭力避开赫淮斯托斯的追求，可她有时需要武器，不得不去火山底下的铁匠铺找他……有一次，铺子里只有他们两个人。赫淮斯托斯扔下手里的工具，想引诱雅典娜。雅典娜很生气："快放开我，这是命令！"

可被爱冲昏了头脑的赫淮斯托斯坚决不肯放手："你太美了……跟我在一起吧！"

虽然雅典娜奋力挣脱了他，但赫淮斯托斯强烈的欲望与大地结合，生出了半人半蛇的厄里克托尼俄斯！雅典娜把这个奇特的孩子藏在一个盒子里，交给几个少女看管。可她们太好奇了，忍不住打开了盒子……看到盒子里的孩子，她们吓坏了！雅典娜只好亲自在雅典把孩子抚养长大。传说中，长大以后的厄里克托尼俄斯成了雅典早期的一个国王。多年以后，他发明了四马战车——看来，他和雅典娜一样聪明！

雅典城的守护神　雅典娜与她的母亲墨提斯一样十分睿智。受到攻击时,她绝不会轻易让步。她帮助宙斯和其他奥林匹斯神击败了巨人族,自己也亲手杀了两个巨人:帕拉斯和恩刻拉多斯。这场战争中,雅典娜和波塞冬并肩作战,可两人的和谐相处持续得不久。当富庶的雅典城要选保护神的时候,两人成了竞争对手。

波塞冬决心要不惜一切代价赢得竞争。哪位神会给心仪的城邦献上最好的礼物呢?只见波塞冬胸有成竹,径直来到雅典卫城的高处,把巨大的三叉戟往地上一戳,地上马上就出现了一个大泉眼,呼呼往外冒海水。雅典娜则轻轻一挥手,把一棵橄榄树带到了人们面前,并教会他们如何榨取橄榄油。海水咸而无用,橄榄树的果实却不仅可以饱腹,还能够榨油。必须要决一个胜负,于是两人请来了奥林匹斯众神裁定。所有女神都支持雅典娜,而男性神祇都偏向波塞冬,作为裁判的宙斯则保持中立。计票结果出来后,雅典娜以一票险胜!据说,这就是雅典城得名的由来。从此以后,雅典城每年会举行纪念其保护神雅典娜的活动。

而波塞冬呢?他怒不可遏地让洪水淹没了雅典城周边郊区,然后扬长而去。

最能干的织布工　雅典娜的手指很灵巧,是一位精于各种发明的女神。她很注重保护女性,护佑她们的家务活动。那些纺织、除草、做饭的人,都会受到她的特别关照。当然这也有个前提,就是要保持谦虚,把功劳归于女神!这不,有一个女织工,自我感觉手艺不错,就忍不住自夸道:"那些说是雅典娜教会了我织布手艺的人错了,我的手比她灵巧多了!"

原来，这是小亚细亚吕底亚一名叫阿拉克涅的女子。不用说，这些话马上就传到了奥林匹斯山。雅典娜的脸立马就阴了下来！不过，她也确实很欣赏这个凡人的手艺。在惩罚她之前，雅典娜想先警告警告她。她乔装打扮成一个老妇人，下到凡间去找阿拉克涅。她一面端详着阿拉克涅手中的织布，一面说：“你的手艺确实好，可你知不知道，雅典娜的手比你灵巧一千倍呢！”

没想到，这个大胆的姑娘反驳道：“好像你很清楚似的！现在就让她来啊，让我们看看她的手艺是不是当真那么好！”

雅典娜的耐心已经耗尽了，她瞬间就显了真身，大声说：“好吧，那就比试吧！谁要是织出最美丽的帆布，用最精美的图案装饰，她就是胜者。”

两人即刻在织布机前坐好，埋头织了起来。雅典娜用金线银线巧妙穿插，织了一幅精美绝伦的奥林匹斯众神长卷。阿拉克涅却想开个玩笑：她的布匹描绘了宙斯化身公牛诱引欧罗巴的场景，还有冥王哈得斯掳掠珀耳塞福涅的一幕……众神的各种不光彩行径，都被她织了个遍，不过图案真的很美！

要让谁来定胜负呢？可裁判还没出场，雅典娜就一跃而起，一把夺过这幅亵渎神灵的作品，撕得粉碎，把阿拉克涅变成了一只大蜘蛛，对她说：“看吧，亲爱的，你和你的子孙后代可以继续织布！祝你好运。”

惩罚了阿拉克涅后，雅典娜就赶到特洛伊城——此时的特洛伊城已被希腊众将包围，双方开始了惨烈的厮杀。雅典娜始终保护着希腊英雄狄俄墨得斯，助他勇猛杀敌。在奥德修斯艰难的返乡途中，海神波塞冬一直紧追他不放，而雅典娜也出手帮助了他。你看，雅典娜就是个经常伴在凡人左右的女神，有时是要惩戒他们保持谦虚、敬畏神明，有时则是施以援手。

奥德修斯
有勇有谋的英雄

奥德修斯是以特洛伊战争为背景的《伊利亚特》的主角之一，这部史诗通常被认为是古希腊诗人荷马(公元前8世纪)所著。奥德修斯也是荷马另一部史诗《奥德赛》的主人公（"奥德赛之旅"的说法正是源自奥德修斯的十年漂泊)，这一部紧接上一部，讲述了他在特洛伊战争胜利后，度过千难万险，历经十年才最终返回家乡伊萨卡岛的故事。

奥德修斯
足智多谋的勇士
父母 莱耳忒斯和安提克勒亚
妻子 珀涅罗珀（海伦的堂妹）
孩子 忒勒玛科斯
身份 伊萨卡岛国王

奥德修斯 是希腊的一个国王。那时的希腊由很多小城邦组成，每个城邦都自主管理。奥德修斯精明狡黠，总能化险为夷，平安脱身。战争结束后，奥德修斯在返乡途中刺瞎了海神波塞冬的儿子独眼巨人波吕斐摩斯，因此招来了波塞冬的仇恨。不过，历经千辛万苦后,他最终还是回到了家乡，与妻儿团聚。

珀涅罗珀 代表了忠贞不渝和耐心等待的人物形象。奥德修斯一走就是二十年，先是用了十年攻打特洛伊城，再是历经十年艰难返乡。尽管丈夫杳无音信，珀涅罗珀却始终坚持等着他回家。许多追求者花言巧语，敦促她选一个新丈夫，但她坚信丈夫会活着回来。她告诉这些追求者，织完手中的布匹后，她就会选择他们当中的一位结婚。可她白天织好布，晚上就统统拆掉。这样，她织布的工作也就没有了尽头。

珀涅罗珀
忠贞不渝的妻子
父母 伊卡里俄斯
和水泽仙女珀里波亚
丈夫 奥德修斯
孩子 忒勒玛科斯
身份 伊萨卡岛王后

赫克托耳
特洛伊城的守卫者
父母 普里阿摩斯和赫卡柏
妻子 莎菲国王的女儿安德洛玛刻
孩子 阿斯堤阿那克斯

阿喀琉斯
希腊勇士
父母 佛提亚国王珀琉斯
和海中神女忒提斯
原有六个兄弟,
但全部都早亡了。

赫克托耳 是特洛伊城被希腊联军包围后奋起保卫家园的勇士。在希腊勇士阿喀琉斯参战之前,赫克托耳在战神阿瑞斯和光明之神阿波罗的支持下给希腊联军造成很大破坏。挚友帕特洛克罗斯死在赫克托耳剑下后,阿喀琉斯终于上了战场。面对强大的阿喀琉斯,赫克托耳毫无办法,因为这就是他的命运:他在决斗中被阿喀琉斯杀死。后来,他的父亲普里阿摩斯交了一大笔赎金,才把爱子的尸体赎回下葬。

阿喀琉斯 在好朋友帕特洛克罗斯的陪伴下加入了围攻特洛伊的希腊大军。在围城的第十年,希腊联军统帅阿伽门农非要让阿喀琉斯把他心爱的女奴布里塞伊斯让给自己,导致阿喀琉斯一气之下退回自己的营帐,不再出战,即使他的军队陷入险境,他也无动于衷。直到帕特洛克罗斯代替他上战场,不幸被赫克托耳杀死,阿喀琉斯才改变心意。悲愤交加的他冲上战场,片刻就战胜身边所有的特洛伊人。史诗《伊利亚特》描绘了这一幕,称之为"阿喀琉斯之怒"。

奥德修斯的漫长漂泊

一切都是为了海伦　奥德修斯成年以后，他的父亲就把王位传给了他。恰巧此时，美女海伦也开始考虑结婚了。和希腊大大小小的王侯一样，奥德修斯也赶去求亲。可是很快他就意识到自己没有机会，因为求亲者太多了……于是他向海伦的父亲廷达瑞俄斯建议："为了防止未来发生冲突，让追求者盟个誓，如果将来海伦的丈夫遇上麻烦，大家要鼎力相助。"

廷达瑞俄斯一听，觉得十分有道理。为了表达谢意，他把侄女珀涅罗珀许配给了奥德修斯。

这也就是为什么特洛伊王子帕里斯抢走海伦以后，希腊群雄会响应海伦的丈夫、斯巴达国王墨涅拉俄斯的号召，一同远征特洛伊。

特洛伊围城的结束　在这场战争中，奥德修斯参与了不少战役，也经常扮演双方使节的角色，可却没能帮助希腊联军取胜。

不过，战争另一方的特洛伊王子帕里斯却遭到了雅典娜的嫉恨，因为他没有把她选作最美的女神。另外，雅典娜很欣赏奥德修斯的聪明才智——这正是女神和这位凡人共有的天赋，所以她决定帮助英雄奥德修斯结束这场看不到尽头的围攻战。在雅典娜的启发下，奥德修斯造了一个巨大的木马，和一些希腊勇士一起藏身其中。他特意把木马摆在城门前非常显眼的位置，好像它是一件贡品似的。与此同时，其余希腊人假装开始收拾行囊，还调走了所有的战船。特洛伊人一开始很犹豫，担心有诈，但后来还是把木马拉入了城中。

当天深夜，奥德修斯和同伴们冲出木马，杀死了守军，打开城门。凭借这个把戏，希腊大军终于拿下了攻打多年未果的特洛伊城。

希腊人返乡　战争胜利后，前来助战的希腊国王都各自启程返回阔别十年的家乡。可是船只很快就被风暴刮散了。奥德修斯无法直接回伊萨卡岛，因为他得先储备足够的水和食物，同时还要和猛烈的海风对抗。他途经的每一站都发生了不可思议的冒险故事——当然了，他并不知道等待自己的将是长达十年的漂泊！一开始一切还比较顺利。他们先是攻占了伊斯马洛斯城，得到很多好酒。后来，他们又碰到了食忘忧果人，这些人送给他们好多"落拓枣"，可这些果子能让人忘了忧愁，奥德修斯一行人差点就忘了要回家。

到了独眼巨人的岛上，返乡之旅开始蒙上了不祥的阴影……

在独眼巨人巢穴里的一天

奥德修斯和同伴们带着几坛葡萄酒登上了一座岛。他们发现了一个山洞，里面摆满了羊奶和奶酪，简直就像是特意为他们准备的！他们禁不住诱惑，大吃大喝起来，然后躺在干草上休息。到了傍晚，其中几个水手忧心忡忡地乞求道："奥德修斯，我们还是快走吧，不然主人回家，肯定会不高兴的！"

没想到真被他们说中了。突然，山洞口的夕阳被一张奇丑无比的大脸遮住了，这张脸上还长着一只奇异的眼睛，正在向洞中张望。奥德修斯一行人吓得心惊胆战，想马上就跑，哪还来得及！独眼巨人已经进来，咆哮道："你们以为自己是谁啊，竟然擅自进了我的家！我可是海神波塞冬之子波吕斐摩斯！我要一口两个把你们吃掉，教教你们什么是礼貌！"

他抓住两个水手塞进嘴里，一口就吞了下去，紧接着又吃了两个！正当他要接着吃时，奥德修斯说话了："你这样干吃多渴啊。先喝点我们的酒吧，它可妙极了！"

波吕斐摩斯迟疑了一下：他从来不喝酒的。但是好奇心和口渴终究占了上风。他接过酒坛，一饮而尽，然后又打开第二坛……居然都忘了吃人了。最后，只听他含糊不清地说："你的酒确实是好酒！你叫什么名字？"

奥德修斯答道："我的名字是'没人'。"

听到这儿，波吕斐摩斯就闭上了眼睛，呼呼大睡起来。

奥德修斯一行人找来一根树干，把一头削尖，用火烧红。他们合力扛起这件临时做的武器，对准波吕斐摩斯的眼睛用力扎了下去，一下就把他扎瞎了！波吕斐摩斯疼得要发疯了，怒吼道："你们这些可怜虫躲到哪里去了？你们休想轻易逃脱！"回答他的只有一片寂静。

时间一刻钟一刻钟地过去。独眼巨人听到羊群此起彼伏地叫了起来，知道天已经亮了。他守在山洞门口，让羊一只一只地经过，以防希腊人混在其中逃跑。但是奥德修斯他们每个人都倒挂在羊身下，紧抱着羊肚子，让绵羊带着他们出了山洞。波吕斐摩斯只好站在洞口呼喊岛上的其他独眼巨人来帮忙，其中一个独眼巨人问："谁把你弄成这样的？"

波吕斐摩斯赶紧大声答道："没人！没人！"

大伙一听，这人看来是疯了，就各回各家了。

就这样，奥德修斯和伙伴们成功逃了出来，回到大船上又启程了。可他们哪里知道，弄瞎了波吕斐摩斯，海神波塞冬可要恨死他们了！

一场又一场磨难 身心俱疲的奥德修斯多想尽快回到家乡的小岛，早点与妻儿团聚！他来到了风神埃俄罗斯的海岛，向他解释了自己的境遇。风神十分同情他，送给他一个羊皮袋子，说："所有的逆风都被我关在这个袋子里了，一定要记住，无论遇到什么情况都不要打开它。我只留下一股微风吹向伊萨卡，过不了几天你就到家了。"

奥德修斯高兴地回到船上，在风帆鼓起的时候睡着了。他的同伴们想知道这个神秘的袋子里装了什么：葡萄酒？金子？尽管有禁令，他们还是打开了袋子……一瞬间，所有的逆风全跑出来了，把他们的船吹回到埃俄罗斯的岛。可是这次风神埃俄罗斯不想帮助他们了，他说："你自己回家吧！你得罪了海神波塞冬，我可看明白了！"事实证明，他说对了。

奥德修斯一行人漂泊到了埃埃亚岛，碰到了可怕的女巫喀耳刻。她让众人喝了一种魔药，把他们全都变成了猪，还抹除了他们的记忆。幸好有赫耳墨斯通风报信，奥德修斯才"幸免一变"。他代表他的同伴出面与强大的女巫交涉，才让他们恢复了人类的形态。

然后他们遇到了人头鸟身的塞壬海妖。她们用美妙非凡的歌声诱骗水手下水，继而吞噬他们。奥德修斯让大家都用蜡把耳朵封上，再把自己紧紧地绑在桅杆上。这样，他既能够听到美妙的歌曲，又不用担心失去生命，因为水手听不到这致命的旋律，只会一心往前划船。还没来得及喘口气，新的危险就出现了。在西西里和意大利之间的海峡，有两个大怪物在等着他们。第一次过峡口时，长着六张嘴的斯库拉吞下了奥德修斯的六个同伴，幸存者逃到了太阳神赫利俄斯的小岛上。饥肠辘辘的他们一踏上土地就开始寻找食物，结果把献给太阳神的牛吃了。这让太阳神很生气。只有奥德修斯没有碰这神圣的肉，所以在接下来的风暴中，他是唯一一个活下来的人。风暴把奥德修斯和战船的残骸带回到海峡那里。这一次，他避开了斯库拉，但是这样就离怪物卡律布狄斯很近了。一天三次，卡律布狄斯会张开大口，吞吐海水。船和同伴都被大海吞没，奥德修斯紧紧抓住一截桅杆，从怪物嘴边漂过。

终回家乡 经过重重考验，奥德修斯独自一人，赤身裸体地爬上了日日思念的伊萨卡岛的海岸。此时他已离开家乡二十年了！当衣衫褴褛、疲惫不堪的奥德修斯回到家时，一个忠实的仆人和他的老狗认出了他。可此时，他的家里危机四伏：珀涅罗珀的追求者已然把这里当成自己家了！最后，在儿子忒勒玛科斯的协助下，奥德修斯在射箭比赛上战胜了所有追求者。独自等待二十年的珀涅罗珀也终于认出了奥德修斯，团圆是甜蜜的。无穷无尽的磨难终于结束了。

文艺复兴时期

在中世纪被遗忘之后，希腊—拉丁文化在文艺复兴时期（15—16世纪）重新成为人们关注的焦点。在人文主义思想——这种思想把人放在所有知识的中心，并提倡对古代文献的研究——的驱使下，哲学家、画家和雕塑家们都对希腊神祇和英雄产生了极大的兴趣。

美杜莎

卡拉瓦乔, 1597—1598

这是一幅画在皮革上后装裱在木制盾牌上的油画，表现的是蛇发女妖美杜莎。据说她的目光能让人瞬间石化。后来她被英雄珀耳修斯所杀，头颅被用来装点雅典娜的盾牌。

卡拉瓦乔以非常写实的手法，刻画了美杜莎惊愕的眼神和大张的嘴巴，表现出了她的恐惧和痛苦。

头发是毒蛇

女妖没有直视观众，可能怕观众会被"石化"

面部是人脸

维纳斯的诞生

桑德罗·波提切利，约1484年

"维纳斯"是阿佛洛狄忒在罗马神话中的名字。第二代众神之王克洛诺斯推翻了他的父亲天神乌拉诺斯，后者的血液洒入大海，从中孕育出了阿佛洛狄忒。波提切利的灵感来源是公元前4世纪古希腊画师阿佩莱斯的一幅画，在庞贝古城曾发现该画的一件复制品。在这幅画中，女神乘着贝壳抵达希腊小岛库忒拉。她代表着感官之美，也代表着矜持和优雅。

48

身披蓝色披风的西风神泽费罗斯轻吐微风，将维纳斯送到岸边

他旁边是微风女神奥拉

花朵体现了自然与爱的和谐

维纳斯乘着贝壳来到岸边

时序三女神中的一位将为维纳斯披上华服

希腊神祇和英雄重新得到艺术家和思想家关注

酒神巴库斯
米开朗琪罗，1497年

这座高2.03米的大理石雕塑表现的是葡萄与狂欢之神狄俄尼索斯（罗马神话中叫巴库斯）。这位宙斯之子赤身裸体，无精打采，勉强保持平衡。他似乎更像是人类，而不是神。米开朗琪罗的灵感可能来源于古希腊雕塑家普拉克西特利斯的一座希腊雕像，该雕像虽然早已丢失，但古罗马博物学家老普利尼对其有所记载。

原已破损的右手和酒杯于1550年左右修复

头发用葡萄叶装饰

左手提着虎皮

还有一个萨堤尔（小醉汉）躲在酒神背后

阿波罗和达芙妮身着15世纪服饰

艺术家描绘了变形的初始阶段

阿波罗和达芙妮
安东尼奥·波拉伊奥罗，1470—1480

俊美的阿波罗疯狂地爱上了达芙妮，可这位仙女拒绝了他的求爱，逃跑了。就在鲁莽的阿波罗快追上的一刹那，达芙妮向父亲河神珀纽斯求救，化成了一棵月桂树。从此月桂就成了阿波罗的圣物。

阿波罗
音乐家和预言家

阿波罗也许是众神中最英俊的一位——至少是和战神阿瑞斯并列第一。赫拉曾试图阻止他的出生，但没有成功。他很快就成长为里拉琴（竖琴的一种）演奏艺术的大师，还在德尔斐建了自己的神庙，那里的女祭司皮提亚会用模棱两可的语言预言未来。

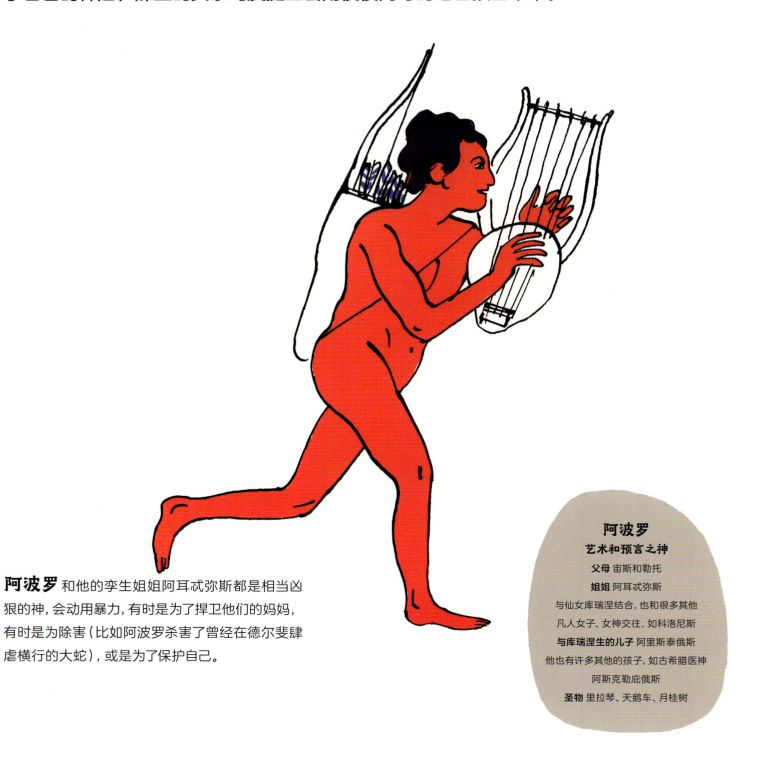

阿波罗 和他的孪生姐姐阿耳忒弥斯都是相当凶狠的神，会动用暴力，有时是为了捍卫他们的妈妈，有时是为除害（比如阿波罗杀害了曾经在德尔斐肆虐横行的大蛇），或是为了保护自己。

阿波罗
艺术和预言之神
父母 宙斯和勒托
姐姐 阿耳忒弥斯
与仙女库瑞涅结合，也和很多其他
凡人女子、女神交往，如科洛尼斯
与库瑞涅生的儿子 阿里斯泰俄斯
他也有许多其他的孩子，如古希腊医神
阿斯克勒庇俄斯
圣物 里拉琴、天鹅车、月桂树

阿耳忒弥斯

狩猎女神

父母 宙斯和勒托

弟弟 阿波罗

拒绝婚嫁

圣物 弓和箭

阿斯克勒庇俄斯能够治愈所有的病痛,在古希腊被敬为医神。他在伯罗奔尼撒半岛厄庇道洛斯拥有自己的专属神庙。病人来到这里后,先献祭动物,然后与一群无毒害的蛇同处一室,睡上一晚。在此期间,医神就会托梦给他们,在梦中问诊开药。第二天一早,会有祭司为他们解梦。

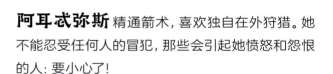

阿耳忒弥斯精通箭术,喜欢独自在外狩猎。她不能忍受任何人的冒犯,那些会引起她愤怒和怨恨的人:要小心了!

阿斯克勒庇俄斯

医神

父母 阿波罗和塞萨利公主科洛尼斯

在其母亲尸体将被火化的最后关头被抢救出生的

妻子 抚慰女神厄庇俄涅

孩子 希腊名医波达利里俄斯和玛卡翁

圣物 医神蛇杖

(有一条蛇盘绕的节杖)

喀戎

半人马

父母 克洛诺斯

和大洋神女菲吕拉

与宙斯是同一代的神祇

特点 擅长教授狩猎和医术

喀戎是半人马。他之所以生成这样,是因为当初克洛诺斯是以马的形态和大洋神女菲吕拉结合的。与其他半人马不同的是,喀戎亲切友善,很有学问,曾教出过阿斯克勒庇厄斯、阿喀琉斯等许多著名人物。后来,喀戎被赫拉克勒斯的毒箭误伤,这个伤口让他痛苦不堪,没有什么能够治愈他,而他的不死之身更是意味着无止尽的痛苦。最后,喀戎和泰坦神普罗米修斯互换了生死,两人都得到了解脱。

光明之神和狩猎女神

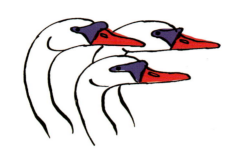

天后的阻挡 阿波罗的诞生是一次伟大的冒险。因为和宙斯结合，阿波罗的母亲勒托受到了赫拉的嫉恨。勒托怀孕后，赫拉不准任何一寸土地容留她生产。幸运的是，一座干涸贫瘠的浮岛想着反正自己也没有什么可失去的，就违背了天后的旨意，收留了这个不幸的女人。

勒托首先生下了一个女儿，阿耳忒弥斯。她立刻扮演起助产士的角色，辅助妈妈生下一个男孩，阿波罗。看，他才刚出生，模样就已经很漂亮了！宙斯送给他一把里拉琴和一辆天鹅驾驶的战车，以庆祝他来到这个世界。

阿波罗长大以后，容貌愈发英俊了。他身材高大，留着棕色的长卷发，弹得一手好琴，还喜欢背诵诗歌。不过，你以为他只是一个诵唱自然美景的温柔诗人吗？才不是呢！有的时候，阿波罗也是一个英勇的战士。

德尔斐的王者 阿波罗第一次战斗是在德尔斐。那时他刚从住在极北的希柏里尔人那里回来。他掌握了高超的箭术，乘坐着天鹅战车飞回家。这门技艺对他很有用，因为有一条大蛇正在德尔斐横行霸道。这条大蛇仗着天后赫拉的保护，已在德尔斐地区肆虐多时，居民们都提心吊胆的。拥有预言能力的阿波罗打算在这里建立自己的神庙。他拿出箭袋，仔细瞄准，一箭射中怪物的喉咙，大蛇在几次可怕的抽搐后就死了。阿波罗知道自己的这一举动会引起赫拉的愤怒。为了息事宁人，他举办了纪念大蛇的"皮提亚竞技会"。

德尔斐恢复安宁后，阿波罗就在这里安排了自己的神谕宣示者，被称为皮提亚的女祭司坐在一个三角圣坛上，口嚼月桂叶，念念有词地预言未来。人们千里迢迢地赶来这里，就是为了来见这位女士。有的是来问怎样才能有孩子，有的却是问怎样才能赢得战争……可是解读神谕不是一件十分容易的事。这不就有一次，吕底亚国王克洛伊索斯前来询问皮提亚，要不要发动对波斯人的战争。皮提亚的答复: 如果你去打仗, 一个伟大的帝国将会倒下。克洛伊索斯大喜: 波斯就是一个大帝国, 而它就要倒下了, 皮提亚就是这样说的。但他想错了: 他的帝国才是战败的一方。看来阿波罗的神谕必须要细读啊!

无与伦比的音乐家

阿波罗一刻也不愿放下音乐, 即使是在向希腊人揭示未来的时候, 他的神谕也是用诗歌传达的。正因如此, 阿波罗深受诗人和缪斯众女神的喜爱。缪斯女神是音乐和舞蹈之神, 在美丽的希波克里尼灵泉边载歌载舞。阿波罗经常离开德尔斐去听她们唱歌, 有时还会用里拉琴为她们伴奏。不过在艺术和占卜方面, 他无法忍受一丝一毫的竞争, 如果有吹牛者声称能和阿波罗相提并论, 他就会惩罚他们。一天, 他听到林神玛耳绪阿斯自鸣得意地说: "我这笛子吹的, 比阿波罗的里拉琴好听多了! "阿波罗很生气, 就下到凡间看看是怎么回事: 那个傲慢的家伙吹的是一支奇怪的双管笛子。阿波罗记得这支笛子是雅典娜发明的, 但她发现吹奏这种笛子的时候必须得鼓着腮帮, 十分不雅, 于是她就把它从奥林匹斯山上扔下来了。阿波罗故意激一激玛耳绪阿斯: "我们来演奏吧, 让更好的人胜出! "

两人便依次演奏了。多动听的旋律! 这要如何分出优劣呢?

阿波罗心生一计, 说: "我们把乐器倒过来演奏吧! "阿波罗把里拉琴倒过来拿, 仍能弹出乐声; 玛耳绪阿斯尝试从笛子的另一端吹奏, 却不能发声。胜负不言自明。阿波罗为了惩罚玛耳绪阿斯的傲慢, 将他变成了一条歌声不断的大河。

爱情屡屡受挫 阿波罗身形高大, 体态优美; 棱角分明的脸在深棕色卷发的衬托下愈发显得英俊; 再看那挺拔的鼻梁, 和那双如星辰般耀眼的眼睛! 有着这样英俊的容貌, 他满以为所有女孩子都会为他倾倒。然而, 仙女达芙妮就拒绝了他的求爱。她对阿波罗完美的容貌无动于衷。阿波罗对她穷追不舍, 达芙妮则疯狂逃跑。就在她要被追上的紧要关头, 她向父亲河神珀纽斯求救, 父亲把她变成了一棵月桂树。

他和科洛尼斯的感情经历也好不了多少。本来, 科洛尼斯已经怀了阿波罗的孩子。可阿波罗不在的时候, 科洛尼斯却接受了凡人伊斯库斯的求爱。她不想和一位永远年轻的神共度一生, 因为自己的容颜终会衰老。阿波罗嫉妒得发狂, 不但亲手杀了心上人, 还要火化她的遗体。可当火苗蹿起来的那一刻, 他冲上前救下了科洛尼斯腹中的婴儿, 那个孩子就是阿斯克勒庇俄斯。阿波罗把他托付给半人马喀戎, 喀戎教会了他狩猎、艺术、科学……

阿斯克勒庇俄斯很快就成长为医术精湛的医师。有一天, 他从雅典娜那里得到了戈耳工蛇发女妖的血液, 由此发现了起死回生术。但这个发现扰乱了万物的秩序——这可触到了宙斯的底线! 于是, 众神之王用一道闪电劈死了阿斯克勒庇俄斯。看着爱子被杀, 阿波罗伤心欲绝, 由于无法正面挑战众神之王, 他就一箭射死了向宙斯提供闪电的独眼巨人。

野性女神阿耳忒弥斯 阿波罗喜欢弹奏里拉琴, 歌唱自然; 他的姐姐却偏爱狩猎和独处。猎人阿克泰翁不幸成了无常命运的受害者。有一天, 他带着猎犬到林间打猎, 不小心惊扰到了正在溪流里游泳的阿耳忒弥斯。她多么美啊! 但是阿耳忒弥斯可受不了异性这样盯着她看，一秒都不行！怒不可遏的她把阿克泰翁变成了一头雄鹿。

巨人俄里翁也未能幸免于难。俄里翁觉得阿耳忒弥斯很美，却一点也不考虑对方是不是喜欢他，阿耳忒弥斯只好奋起保卫自己。她命令一只毒蝎子杀死这个不受欢迎的人。蝎子蜇了巨人的脚跟，可怜的俄里翁吐出最后一口气，便死去了。为了报答这只蝎子，阿耳忒弥斯将它升上天空，把它变成一个星座。俄里翁也变成了一个星座。不过是谁帮了他呢？这可是个谜。

有仇必报的姐弟　阿波罗和阿耳忒弥斯有时也会一起行动，当母亲勒托的名誉需要维护的时候，他们一定会到场！有一次，忒拜王后尼俄柏夸口说女神勒托还不如自己幸福："我有七儿七女，可勒托才只有一儿一女。凭这一点我就可以很骄傲！"她还阻止人们向勒托献祭。

她的骄傲维持了没多久。受到冒犯的勒托叫来了阿波罗和阿耳忒弥斯，干干脆脆地说了四个字："替我报仇。"

阿波罗二话不说，拿出弓和箭，顷刻间就把尼俄柏的七个儿子射死了——他们刚刚还在大山里自由自在地奔跑呢！与此同时，阿耳忒弥斯径直赶到尼俄柏位于忒拜的王宫，用同样的手法射死了尼俄柏的七个女儿。

事后，阿耳忒弥斯又回到幽暗的森林追狼逐鹿，而阿波罗也一如既往地终日历险。

55

赫耳墨斯

众神的使者

赫耳墨斯天生聪颖，身手敏捷，所以宙斯决定让他担任一个非常特殊的角色：众神的信使。因为这个身份，他参与了许多冒险：比如，他给了珀耳修斯一把锋利的剑，助他成功杀死蛇发女妖美杜莎。在宙斯的命令下，他杀死了百眼巨人阿耳戈斯，救出了变成小母牛的伊俄。

赫耳墨斯 从小就四处旅行，还早早地表现出了过人的贸易天赋——这在他和阿波罗的交手中体现得淋漓尽致。多亏了他那双插了翅膀的靴子，他能自由飞行，还可以随心所欲地隐身。因此，赫耳墨斯是奥林匹斯山和冥国、宙斯和哈得斯理想的中间人。

56

迈亚

父母 泰坦神阿特拉斯和
普勒俄涅
与宙斯结合
孩子 赫耳墨斯

赫耳墨斯

商业和偷盗之神

父母 宙斯和仙女迈亚
与喀俄涅和阿佛洛狄忒结合
孩子 奥托吕科斯（奥德修斯的外祖父）
和赫耳玛佛洛狄忒
圣物 神杖、飞翼鞋和带翅宽边帽

仙女 **迈亚** 居住在伯罗奔尼撒半岛中部阿耳卡狄亚地区的库勒涅山上。当刚出生的赫耳墨斯受到阿波罗的指控时，她挺身而出，保护自己的孩子。可小赫耳墨斯根本不需要大人出面，就能把所有人都哄得服服帖帖的，最后还弄得好像全世界他最无辜似的！

恶作剧之神

人生第一步　赫耳墨斯出生在库勒涅山上一个岩洞里。按照希腊传统, 刚出生的孩子都要严严实实地裹在襁褓里, 这样四肢才能长得又直又壮。可小赫耳墨斯长得特别快! 他咯咯地笑着, 居然挣脱了包裹着他的布条, 跑出来了! 半夜里, 大人都睡熟了, 他迈开稚嫩的双腿, 往遥远的色萨利跑去。这一段日子, 音乐之神阿波罗由于之前顶撞了宙斯, 被罚在色萨利放牛。

婴儿小偷　阿波罗对放牛心不在焉的。这会儿, 他丢下了那一群牛, 正和一个英俊的年轻人散步谈心。对小赫耳墨斯来说, 这正是戏弄自己这个同父异母的大哥哥的绝好时机! 他挑了十二头奶牛, 又选了一百头小母牛, 还有一头大公牛, 给它们穿上了自制的"消声鞋套", 悄无声息地把它们都牵走了。阿波罗回来后, 发现少了一些牛。它们去哪儿了呀? 他找不到任何线索, 地上只有一些脚印, 好像有一支农民大军曾经经过这里似的……

　　与此同时, 赫耳墨斯加快步伐, "牛不停蹄"地赶到了皮洛斯。他把偷来的牛藏在一个山洞里, 又选出最好的两头小母牛, 把它们祭给了奥林匹斯山十二主神——每位神都能分到一块呢! 这可是赢得他们好感最好的方法, 这样他们就不会跟他生气了!

"躺着"完成的发明　夜晚快要过去了。赫耳墨斯毕竟是新生儿, 这会儿也有些累了, 想回库勒涅山了。他赶到的时候, 天刚蒙蒙亮, 离妈妈迈亚醒来还有一小会儿。这再好不过了! 他的注意力被一只缓慢爬行的乌龟吸引了。他有了个主意, 不过他不得不杀死这只小动物——太糟糕了! 他只留下了龟壳, 又掏出祭祀天神剩下的牛肠, 把肠衣搓成弦安在了龟壳下面。他轻轻地拨弄了几下调紧了的弦, 几个优美的和弦就响起来了。

　　"这是一把里拉琴。" 赫耳墨斯说。

他舒舒服服钻回襁褓里，不一会儿就甜甜地睡着了，前一晚犯的"罪行"也被他抛到了九霄云外。

无辜的罪犯 而此时，阿波罗正在观鸟，由于没人知道他的牛去了哪里，他只好用自己的占卜术找答案了。鸟类飞行的语言只有阿波罗懂，现在他知道了小偷是谁——虽然这个人似乎不可能是小偷，但是占卜术从不说谎。

于是，阿波罗急匆匆地赶到库勒涅山，径直去找迈亚："你儿子偷了我十二头奶牛，一百头小母牛，还有一头公牛。他必须把它们都还给我，不然我就要惩罚他！"

迈亚觉得又好气又好笑，抗议道："我儿子？我只有一个儿子，他是昨天出生的。阿波罗，你肯定是弄错了。一个新生儿怎么可能管得过来那么多牲口呢？你自己过来看看吧。"

他们倚靠着摇篮往里看：小赫耳墨斯乖乖地睡着，攥着小拳头，根本就是这个世界上最无辜的人嘛……可谁又能看见他嘴角的那一丝笑哪？！

弹琴吹笛 阿波罗知道自己没有弄错。他本想去找宙斯，却突然看到青草和碎石间有一件奇怪的东西，看上去像是乌龟，可却一动不动的。阿波罗把它捡了起来，随手拨弄了几下上面的"绳子"——多么动听的声音啊！这把里拉琴比他以前的那把还要妙不可言！只有一个能在出生当晚偷走一群牛的婴儿，才可能做出这件乐器。

阿波罗找了个地方藏了起来。迈亚一出山洞，阿波罗就凑近小弟弟赫耳墨斯的摇篮，轻声说："我知道你干了什么好事。如果你把这个能奏出音乐的龟壳给我，我就让你留着牛群。"

"我的里拉琴？"小赫耳墨斯有些高兴，"那，那些牛……"

"都不用提了，我原谅你了。"

就这样，赫耳墨斯也体验了一把放牛郎的生活。因为自身经历告诉他，小偷是很有想象力的，所以他非常谨慎，寸步不离牛群。可这样也太无聊了！不久，他又找到了新的乐事：把空心的芦苇切成长短不同的小段，然后用线绑好。他试着吹这些芦苇管：这音乐多么甜美，多么令人心动啊！一点儿也不比里拉琴差。赫耳墨斯很高兴。阿波罗听到了这种乐声，又坐不住了！生来就是音乐家的他暗暗下定决心：我需要这件新式乐器。

他又去找了自己的这位小弟弟，让他把这副排箫给他。作为交换，阿波罗把自己用来放牛的神杖送给赫耳墨斯。赫耳墨斯没有拒绝，但他还提出了一个额外的要求：阿波罗得把预言的本领传授给他，教他依据各种征兆预测未来，比如鸟的飞行，被抛起的鹅卵石落回大地时的轨迹……虽然不想透露过多的秘密，但为了那副心爱的排箫，阿波罗也只好答应了。

这一切都被在奥林匹斯山上的宙斯看得真真切切。他觉得两个儿子当中，赫耳墨斯无疑是更聪明的一个。他决定把一项非常重要的职能交付给赫耳墨斯。

在奥林匹斯山和冥国之间穿梭
赫耳墨斯长大后，宙斯给了他一顶宽边帽，就是古希腊人旅行时用来遮挡阳光和风雨的那种保护帽。他还送了一双带有翅膀的短靴，好让这位新上任的使者以无限快的速度移动。

"如果我没猜错的话，我是要成为保护旅人的神了？"赫耳墨斯问道。

宙斯说："你猜得没错。同时，你也将成为我的使者。你将引导死者的灵魂进入冥国。"

赫耳墨斯觉得这份差事很有意思。所以，死者能在冥国安息，还要感谢赫耳墨斯呢。

狄俄尼索斯
酒与狂欢之神

古希腊人崇尚节制，可这位狄俄尼索斯却是狂喜、自我意识丧失和醉酒的化身。他是宙斯的私生子，所以也受到赫拉的追杀。他攻击所有敌人，但对追随自己的人却保护有加。

狄俄尼索斯（罗马神话称巴库斯）是一个热爱生活、酒不离手的神，甚至到了放纵的程度。酒神崇拜是节日庆典的起源，比如在雅典就有戏剧节。在公元二世纪的罗马帝国，还有专门为狄俄尼索斯举行的"酒神节"。这些毫无节制的庆祝活动在186年被罗马元老院禁止了。

库柏勒
自然女神
父母 可能是盖亚和乌拉诺斯
（人们常把她和瑞亚比较）
与克洛诺斯结合
圣物 狮子

狄俄尼索斯
葡萄、酒和狂欢之神
父母 宙斯和忒拜公主塞墨勒
与阿佛洛狄忒结合，后来
又与阿里阿德涅（牛头人身怪
弥诺陶洛斯的姐姐）结合
与阿佛洛狄忒生有普里阿普斯，
与阿里阿德涅也育有子女
圣物 葡萄树、葡萄藤、香桃木

库柏勒 来自小亚细亚的弗里吉亚（位于安纳托利亚平原、今土耳其一块广阔的地区）。对酒神狄俄尼索斯的纵情狂欢式崇拜可能源自于她。库柏勒一般被描绘成有狮子相伴，或乘坐狮子车的女神。

不羁的人生豪放客

两次出生的神　狄俄尼索斯与阿波罗和阿耳忒弥斯等人一样，也是宙斯与其他美丽女子的爱情之果。同样的，他也被爱嫉恨的赫拉穷追不舍，因为赫拉无法忍受丈夫一再的不忠，并把因此出世的这些孩子视为自己耻辱和不幸的证明。没有什么能够逃过赫拉的眼睛。当她发现宙斯经常去忒拜和塞墨勒公主幽会后，她就化成一个老妇的模样，去见美丽的公主，给了她一条致命的建议："让你的心上人向你展现他的真身吧！"

塞墨勒知道宙斯是众神之王，有这样一位恋人是一件脸上有光的事，不过她想确认此事。于是，当宙斯再次来找她时，她就撒娇地问道："能不能答应我一件事？"

正在浓情蜜意之际的宙斯自然满口答应，还跑到冥河边上发毒誓，无论她要求什么，都会满足她。听到塞墨勒说出心愿后，宙斯吓出了一身冷汗。可反悔已经晚了，他都发过誓了。他显露了真身：一时间，狂风大作，电闪雷鸣，塞墨勒瞬间就消亡了。

可怜的塞墨勒，当时已经怀了六个月的身孕，肚子里的孩子还没有足月。宙斯把胎儿救了出来，悄悄缝在自己的大腿里，免得被赫拉发现。宙斯回到了奥林匹斯山，直到足月后才让孩子出世。

东躲西藏　狄俄尼索斯一生下来就神采奕奕，四肢壮硕。为了让他活下去，宙斯必须继续保护他免受赫拉的迫害。宙斯把儿子赫耳墨斯叫过来，让他把孩子带到忒拜，托付给塞墨勒的姐姐伊诺。伊诺把小狄俄尼索斯打扮成女孩模样，以避开赫拉的注意。可这层保护还是不够！赫拉还是发现了狄俄尼索斯。无奈，宙斯只好又把小狄俄尼索斯送到一个更加隐秘的藏身之地——这个地方太隐秘了，都不知道是在非洲还是亚洲。这次，他把孩子交给了宁芙仙女们，她们索性就把小狄俄尼索斯变成了一只小羊来保护他。

当狄俄尼索斯再度变回人形的时候，他已经长成了一个渴望爱情和热爱生活的英俊青年，开始四处旅行。

拜访库柏勒　狄俄尼索斯去了埃及，可是刚到就被赫拉发现了行踪。要知道，赫拉向来是不依不饶的。她把狄俄尼索斯变得疯疯癫癫的，让他迷迷糊糊地游荡到了小亚细亚地区。在那里，他遇到了自然女神库柏勒，并被为她举办的狂欢仪式深深迷住。狄俄尼索斯和库柏勒可谓是兴味相投：他们都喜欢放纵、聚会、醉酒……不久后，狄俄尼索斯也有了自己的崇拜者——迈那得斯狂女们。大家就这样一路唱歌跳舞，经由北方回到了希腊。可途经色雷斯时，国王吕枯耳戈斯对这一行人实在看不惯，竟把迈那得斯狂女们都关了起来，还拿起斧头去砍狄俄尼索斯的圣物葡萄藤，没想到，狄俄尼索斯显示了神力，吕枯耳戈斯一斧子把自己的脚给剁掉了，又一斧子把自己儿子的脚也给砍没了！

　　此后，狄俄尼索斯又踏上了去往印度的征程，并在一支神秘大军的帮助下征服了那里。从此，跟随他的不仅有狂女们，还有萨堤尔醉汉。他乘着一辆由豹子拉的战车，上面装饰着常春藤、香桃木叶和葡萄藤冠冕。

海豚的由来　狄俄尼索斯想让各地的人都崇拜他，于是决定去希腊的一个大岛上建立自己的神殿。他来到海边，问水手："你们能把我送到纳克索斯岛去吗？"

　　"没问题啊！"水手们热情地回答，但是他们互相使了个眼色。

　　生性单纯的狄俄尼索斯没多想，坐上船后很快就睡着了。可不一会儿，水手们就悄悄掉转了航向，直奔亚细亚方向去了！原来他们是一伙海盗，想把莽莽撞撞上了船的狄俄尼索斯当作奴隶卖掉，没准能卖个好价钱！

过了一会儿，狄俄尼索斯醒了，他吸了一口海风，惊呆了："你们走的方向不对！"

水手们哈哈大笑，心里美滋滋的。

可他们真的是打错算盘了……他们不停地摇桨划船，船却再也不动了！他们很快就明白了原因：手里的桨变成了一条条活蛇，帆上长出了密密麻麻的葡萄藤，被定得死死的。笛声开始传来——却看不见是谁在吹！面对这些奇观，海盗们明白了他们遇上的不是凡人，而是神。他们吓坏了，连滚带爬地逃入海中。狄俄尼索斯把他们都变成了海豚，并把懊悔的情绪打入他们脑中。据说这就是为什么从此以后，海豚总是和大船形影相随，寻找人类的陪伴。

冥国寻母 狄俄尼索斯从没见过自己的母亲，因为塞墨勒在他出生之前就死了。他打算去一趟冥国，把母亲带回人世间。这可不是一件容易的事，因为哈得斯从不让亡灵离开他那悲哀的世界！但这次有点不同，也许是看在狄俄尼索斯是自己侄子的分上，哈得斯只提了一个要求："给我一件对你来说非常珍贵的东西，我就把你的母亲还给你。"

狄俄尼索斯想了想。香桃木（又称爱神木）是他喜爱的一种植物，他的追随者头上戴的花冠，就是用香桃木叶子编成的。他把香桃木给了哈得斯，带着塞墨勒离开了冥府，让她在奥林匹斯山上和自己一起安顿下来。

至此，狄俄尼索斯不但救了母亲，还屡次逃过了赫拉设置的陷阱。赫拉不得不忍受让他们母子生活在自己身边。

十七和十八世纪

这个时期主要以古典风格和巴洛克风格为特点。古典主义讲求作品的构图与和谐感，巴洛克则更强调动感和丰饶。这两股潮流从神话主题中汲取了很多灵感，艺术家把神话主题置于他们时代的现实之中，把它们与百姓家常和宫廷场景相结合。

涅普顿与特里同
贝尼尼，约1622年

这座巴洛克式的真人大小的大理石雕塑表现的是海神（希腊神话中叫波塞冬，罗马神话中叫涅普顿）。雕塑捕捉了海神的动态形象：他牢牢地抓住三叉戟，象征着他拥有控制风暴和地震的力量。在他脚下，儿子特里同也正从水里冒出来，吹着他的海螺。

特里同的头发粘连在一起，暗示着他刚从水里出来

海神表情十分坚定，充满了活力和力量

原造型的三叉戟是铜制的

两位神身体移动的方向是相反的

画的左侧是另一个神话人物，头上戴着葡萄饰

酒神身体被光照得通体明亮

饮酒者以写实手法表现

瓶罐杯子的细节也十分精致

酒神巴库斯的胜利
迭戈·委拉斯开兹，1628年

这幅大型油画把神话主题与当时一种自然主义风格结合在一起。油画正中即是葡萄、葡萄酒和疯狂之神狄俄尼索斯（罗马称巴库斯），他正用美味的葡萄酒灌醉周围的人，可能是想让他们摆脱凡间的烦恼。

神话与历史的碰撞

赫丘利勇斗涅墨亚巨狮
彼得·保罗·鲁本斯，1608年后

赫拉克勒斯（罗马称赫丘利）接到欧律斯透斯刁难他的第一个任务就是杀掉涅墨亚巨狮。这头巨狮只能徒手打败。鲁本斯这幅画的灵感正是来自这个神话主题，着力表现了赫拉克勒斯在与怪物搏斗时展现的惊人的力量。这幅画表现了善与恶的较量。

狮子皮后来被英雄剥下作为其圣物

赫拉克勒斯的肌肉结构一览无遗，令人叹服

骷髅头指巨狮代表着邪恶的力量

豹子在神话中并没有出现，在这幅画中为战斗增添了危险感

路易十四的弟弟右手搂着一个擎着星灯的号角，代表着晨星。

手捧鲜花代表花神的是英格兰的海莉艾达

头戴桂冠手持权杖的路易十四对应的是阿波罗。

路易十四的母亲安妮太后身着象征近东地区自然女神库柏勒的服饰。

手持三叉戟代表海神的是法兰西的亨利埃塔

路易十四及皇室成员
让·诺科，1670年

在这幅画中，路易十四等十八个皇室成员被描绘成希腊罗马神祇。这些皇室成员以其品格和名望被誉为古时神灵的化身。除了孩童以外，每个人都代表一个神祇，他们身穿古代服装，还配着各自的圣物，以便于辨认。

普罗米修斯
帮助人类的泰坦神

泰坦神普罗米修斯和宙斯是堂兄弟，在对付第二代天神克洛诺斯的战争中，两人一起并肩战斗过。但后来兄弟俩的关系逐渐恶化，宙斯认为人类不但有好战等诸多缺陷，还对奥林匹斯山诸神不尊敬；而普罗米修斯则认为要帮助人类。由此两人分道扬镳，普罗米修斯为了帮助人类付出了沉重的代价。

普罗米修斯
坚强不屈的泰坦神
父母 泰坦神伊阿佩托斯
和大洋神女克吕墨涅
兄弟 厄庇米修斯、阿特拉斯、
墨诺提俄斯
妻子 普罗诺亚
孩子 丢卡利翁

厄庇米修斯
普罗米修斯的弟弟
父母 泰坦神伊阿佩托斯
和大洋神女克吕墨涅
兄弟 普罗米修斯、阿特拉斯、
墨诺提俄斯
妻子 潘多拉
孩子 皮拉（后来成为丢卡利翁的妻子）

普罗米修斯 是一个富有远见的人，他的名字就是"先觉者"的意思。他预见了未来，试图保护人类免受宙斯的伤害。可无论他用了什么计谋，面对众神之王的愤怒，人类还是波折不断。

厄庇米修斯 和他哥哥普罗米修斯完全相反，他是"先行后想的人"。可以说，厄庇米修斯用他的好奇心和鲁莽破坏了他哥哥的一切努力。即使他想做好事，他的行为也常常会引发灾难，尤其是对人类而言。

普罗米修斯反抗宙斯

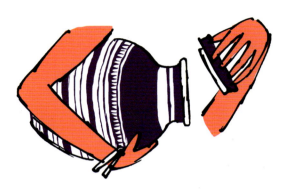

人类的起源　关于人类的起源，古希腊人有很多种说法。当然了，由于没有人在场，谁也无法判定哪个版本是真的。有的说，是普罗米修斯用泥土和水创造出了人类。也有的说，人的原型就是神，众神让普罗米修斯赋予人各种能力，好在地球上生存。可是厄庇米修斯说是要为哥哥分忧，结果弄得人类不但没有衣服穿，还毫无自理能力。普罗米修斯勃然大怒，决定亲自负责这件事，教人们如何耕作土地，怎么饲养家畜。可这样就够了吗？

伪造的祭品　普罗米修斯想为人类争取更多利益，便想出了一条妙计。他精心挑选了一头大肥牛，宰了之后分成两份，一份看上去肥美诱人，表面是洁白细腻的脂肪，令人垂涎欲滴，下面却都是没用的骨头；另一份卖相奇差，只有一层皮，里面却包着大块大块的肉和营养丰富的内脏。

普罗米修斯抬头望向天空，问道："宙斯，你选哪一份？我把另一份给人类。"

宙斯很了解普罗米修斯，担心其中有诈，但他还是忍不住选了那堆美丽的脂肪。发现堂弟的骗术后，宙斯怒不可遏，发了疯似的喊："以后你们得不到火种的保护了！我的闪电再也不会落在你们的森林里了！"

普罗米修斯知道火对人类非常重要，没有火，他们不但无法烧制器皿，无法避寒取暖，连生火烧饭都成问题。所以他决定违抗宙斯的旨意。他偷偷地爬上了奥林匹斯山，从太阳轮上刮下来一个火花，把它藏在一根空心的茴香秆中，带回到大地。

对人类的惩罚　对宙斯来说，这实在是过分了！他决定惩罚普罗米修斯和他的"得意门生"。他让赫淮斯托斯和雅典娜创造出了一个女人，并把她打扮得优雅迷人。这就是潘多拉。宙斯送给潘多拉一个罐子，假意嘱咐她千万不要打开它，然后就把这个迷人的女人送到厄庇米修斯那里。厄庇米修斯想到了众神可能在生他那位天不怕地不怕的哥哥的气，怀疑这是一个陷阱。然而潘多拉实在是太美了，他最终还是娶了她。待丈夫睡熟后，潘多拉好奇地想看一眼罐子里有什么，就将盖子掀开一条小缝……刹那，所有的罪恶都跑了出来：愤怒、恐惧、疾病、死亡……潘多拉急忙盖上盖子，可偏偏又把人类唯一的慰藉——希望——关在了里面。

对普罗米修斯的惩罚　至于普罗米修斯，他将遭受最残酷的折磨！宙斯用锁链把他绑在遥远的北方的高加索山上。他对火神赫淮斯托斯说："用铁链把他绑结实了，让他无法逃脱！我对着冥河发誓，永远不会释放这个胆敢藐视我的人！"

　　这个惩罚本来就够残酷了，可众神之王想用更野蛮的手段报复他。他派了一只老鹰每天飞来啄普罗米修斯的肝脏，每天晚上，被啄掉的肝脏会重新长好，第二天再次被啄掉。不过，这个不幸的囚犯毕竟是"先觉者"，他知道这份惩罚将持续很长时间，但不是永久。过了很多很多年，赫拉克勒斯在旅途中恰巧路过这个荒凉的地方，看到了受尽折磨的普罗米修斯。他解开铁链，又一箭射死了老鹰。宙斯没有生气，因为惩罚已经持续了足够长的时间。然而，为了信守永不释放这位反抗者的誓言，他命令道："既然如此，从绑住你的铁链上取下一小片铁，再从你身后的山上取一小块石头，做成一个指环，永远戴着它。"

　　普罗米修斯服从了。

普罗米修斯获得永生　在返回希腊的路上，普罗米修斯看到了揪心的一幕：善良智慧的半人马喀戎在地上痛苦地扭动着，没有什么能够减轻他的痛苦。原来，赫拉克勒斯在一次与其他残暴野蛮的半人马的恶战中，不小心用一支毒箭伤了喀戎。喀戎是不死之身，此时真是"求生不得"又"求死不能"！于是，普罗米修斯把自己的死亡能力送给了善良的喀戎。就这样，坚强不屈的泰坦巨人也变成了不朽之身，他仍然是人类抵御宙斯之怒的捍卫者。

大洪水　人类的表现很糟糕：他们杀人，偷东西，忘记祭拜奥林匹斯山的神……这让宙斯非常生气，决定要彻底收拾人类！他叫来了哥哥波塞冬，跟他说："搅动你的三叉戟，让大地颤动起来；召唤所有的风，让河水暴涨起来，把人类淹死！"

普罗米修斯预感到了要发生什么，赶忙跑去警告他的儿子丢卡利翁："快造一只方舟，先和你的妻子皮拉一起躲进去！"

河水暴涨了起来，淹没了村舍、原野、森林，甚至山川——当然，除了奥林匹斯神山。洪水退去后，丢卡利翁和皮拉放眼望去，四周一片狼藉，再无人烟，只有他们两人孤零零地存活于世。就在这时，赫耳墨斯出现了，对他们说："我可以帮你们实现一个愿望。"

丢卡利翁连忙说："我们想要有其他人和我们一起生活！"

赫耳墨斯说："把脸盖上，把你们母亲的骨头扔到身后去！"

两人吓坏了！可忽然间，丢卡利翁猜出了其中的意思："我们的母亲就是大地，她的骨头就是这漫山遍野的石头！"他们马上开始捡石头，一块一块地扔到身后。丢卡利翁扔出的石头都变成了男人，而皮拉扔的都变成了女人！

就这样，多亏了普罗米修斯，人类又开始繁衍生息了。

俄狄浦斯

无辜的罪人

俄狄浦斯无法逃脱在出生之前就已被预言的悲剧命运。在不知不觉中——甚至更糟糕的是，在他百般谨慎，尽一切努力避免预言成真的情况下——他亲手把自己送进了无常命运的圈套。他杀了自己的父亲，娶了自己的母亲，犯下了一个人最不能犯的罪过。他明白这一切的时候已经太晚了，为了这些过错，他残酷地惩罚了自己。

俄狄浦斯 是古希腊许多文学作品的主题，包括只有残缺片段留存下来的抒情诗。史诗《伊利亚特》和《奥德赛》简短地提到了这个角色。索福克勒斯的两部悲剧《俄狄浦斯王》和《俄狄浦斯王在科罗诺斯》则把他的形象搬上了舞台。俄狄浦斯这个名字之所以至今仍为世人熟知，还因为精神病学家西格蒙德·弗洛伊德用它来命名19世纪精神分析的一个概念：俄狄浦斯情结，即儿童对父母敌意和爱意共存的情感。

俄狄浦斯
忒拜国王
父母 拉伊俄斯和伊俄卡斯忒
妻子 伊俄卡斯忒
（在不知真相的情况下所娶）
孩子 两个儿子厄忒俄克勒斯
和波吕尼刻斯，两个女儿
安提戈涅和伊斯墨涅

斯芬克斯
有着狮子的身体、女人的头
和鸟的翅膀
父母 厄喀德那和俄耳托斯
（三头巨人革律翁的双头狗）
兄弟 涅墨亚巨狮，
还有地狱犬刻耳柏洛斯
（同母所生）
职能 看守通往忒拜的一条路

斯芬克斯 是一个狮身人面的女妖，她奉天后赫拉之命，蹲守在通往忒拜的大路上，以惩罚这座城市的居民。他们自己没有犯错，却要为他们的国王拉伊俄斯还债。拉伊俄斯曾经绑架了年轻帅气的王子克律西波斯。于是，王子的父亲珀罗普斯诅咒了拉伊俄斯和他的子孙后代。

可怜可叹的悲惨命运

被遗弃的孩子 俄狄浦斯刚出生没几天，他的父亲忒拜国王拉伊俄斯就把他双脚的脚踝刺穿，用一根带子绑起来，然后把他丢在附近的一座山上。这孩子的名字正是来源于这个伤口——"俄狄浦斯"在希腊语中是"肿胀的脚"的意思。拉伊俄斯之所以这么做，是因为一个神谕曾向他预言："如果你有儿子，他会杀了你。"

当时正值隆冬，可怜的孩子随时可能会被冻死，或是被野兽吃掉。好在科林斯国王波吕玻斯的牧羊人恰巧在这一带放羊，看见了小俄狄浦斯。牧羊人心想，波吕玻斯没有子嗣，很可能会乐意收养这个襁褓里的孩子。果不其然，国王很快就把俄狄浦斯当作自己的亲生骨肉来抚养，他也从没有把这段往事告诉俄狄浦斯。在成长过程中，俄狄浦斯一直以为自己就是科林斯王子。

先是杀父 长大以后，有一次，波吕玻斯让俄狄浦斯出门一趟，去取回被偷的马匹。俄狄浦斯先是去了德尔斐求问神谕，可结果却吓了他一大跳："你会杀死你的父亲，然后娶你的母亲。"

年轻的俄狄浦斯感到一阵绝望，不愿相信："不可能！"

他决定不回科林斯了，这样就不会有杀死波吕玻斯——他一直认为波吕玻斯是自己的亲生父亲——的风险了。

于是他朝忒拜的方向走去。在经过山间一个狭窄的路口时，迎面来了另一行人。他们的首领是个头发灰白的老人，他命令道："我是忒拜国王，让我过去！"

俄狄浦斯可没有退让的意思，毕竟他也是个王子，眼前这个陌生人凭什么享有更多权利？双方争执起来，越吵越凶，谁也不愿让步。最后，年轻气盛的俄狄浦斯抓起随身携带的弓，杀死了眼前的老头。

神谕应验了：他刚刚杀死了自己的父亲。

后又娶母　俄狄浦斯继续朝忒拜进发。不久，他就被斯芬克斯挡住了去路。行人过不去，因为这个狮身人面女妖让每个路过此地的人猜谜语，如果答不出就要被她吞掉。至今还没有人能猜出谜底！看到俄狄浦斯走来，斯芬克斯照例抛出自己的问题："早晨走路四条腿，中午走路两条腿，晚上却是三条腿，这是什么？"

俄狄浦斯略加思索，答案便脱口而出："是人！孩提时期，用四条腿爬；长大以后，用双腿走路；到了晚年，就得拄拐杖了。"

斯芬克斯羞愧难当，大吼一声，跳下悬崖自杀了。除掉了肆虐多年的怪物，俄狄浦斯自然被大家作为英雄迎进了忒拜城。百姓感激他，提出把他们刚刚丧偶的王后伊俄卡斯忒嫁给他。伊俄卡斯忒很美丽，俄狄浦斯没有异议。

就这样，他又在不知情的情况下娶了自己的母亲。

忒拜城的瘟疫　俄狄浦斯夫妇生了好几个孩子：厄忒俄克勒斯、波吕尼刻斯、伊斯墨涅和安提戈涅。一切都很顺利……直到有一天，忒拜爆发了瘟疫，不断有人死去。俄狄浦斯不知该如何对付这场灾难，便派王后的哥哥克瑞翁去德尔斐神庙询问神谕。女祭司皮提亚是这么说的："杀害拉伊俄斯国王真凶找到之日，就是全城瘟疫退去之时！"

可凶手是谁呢？俄狄浦斯发誓要把这个家伙赶出忒拜城（他一刻都没想过自己就是凶手）……他去请教盲人先知忒瑞西阿斯。忒瑞西阿斯知道整件事的来龙去脉，但也知道这件事如果说破了，会有灾难性的后果，所以竭力试图保密。俄狄浦斯误会了这种沉默的含义，大声叫道："我明白了，是你和克瑞翁串通一气杀死了不幸的拉伊俄斯！"

伊俄卡斯忒插话了："我亲爱的丈夫，这不可能的！克瑞翁和拉伊俄斯可是亲如手足。忒瑞西阿斯很老了，自己都不知道自己在说什么，事实上……"说到这儿，她犹豫了一下。

"事实上什么？"俄狄浦斯不禁追问。

"事实上，这已经不是他第一次出错了。他曾经预言拉伊俄斯会被自己的儿子杀死。皮提亚也这么说。可我们可怜的国王是在一个岔路口，被一个不肯让路的莽汉杀死的啊！"

俄狄浦斯的脸倏地白了："你说什么？在一个岔路口？那你和拉伊俄斯的儿子在哪里呢？"

王后哀叹道："我不知道。孩子刚刚出生后，拉伊俄斯就抛弃了他。"

俄狄浦斯命令把拉伊俄斯最年长的仆人叫来，问他："国王的儿子后来怎么样了？"

事偏凑巧，这个老仆人就是多年以前把孩子带到山里的人。

"他被牧羊人捡回去了，科林斯国王波吕玻斯手下的牧羊人。"

预言成真　此时，俄狄浦斯已经知道真相了，伊俄卡斯忒也同样知道了，她跑到宫中一个角落，把自己锁了起来，自尽了……俄狄浦斯没能阻止她。

俄狄浦斯被众神的意志击垮了——他简直就是他们手中的玩具！为了惩罚自己在无知中犯下的暴行，他刺瞎了自己的眼睛。

由于他已经下令要驱逐杀害拉伊俄斯的凶手，他不得不离开忒拜城。他叫来了孩子们，哀求道："我必须永远地离开忒拜。你们谁能送我出城吗？"

厄忒俄克勒斯、波吕尼刻斯和伊斯墨涅都转身离开了，只有安提戈涅牵起了父亲的手。

父女两人就这样踏上了漫无目的的征程。他们在大路和山间小道上走了好几天，晚上就睡在田野上或山洞里。当他们来到雅典城附近一个叫科罗诺斯的小镇时，俄狄浦斯已尝尽了人生的苦涩，失去了对生的最后一丝渴望。他死了，之后便葬在那里。

忒修斯
勇闯迷宫的勇士

忒修斯也是个有着传奇身世的英雄。和俄狄浦斯一样，他在出生前就背上了一个不幸的预言。和赫拉克勒斯一样，他也完成了很多项功绩，帮助希腊人收拾了很多为害一方的怪物。他是唯一一个与象征古地中海王权的人身牛头怪弥诺陶洛斯正面交锋过的人。

忒修斯在传说中是雅典的一个国王，不但统一了雅典城周边阿提卡地区的很多村庄，还创立了纪念雅典娜的泛雅典娜节。他的身世一直是个谜：有人说他是雅典国王埃勾斯（Aegeus）的儿子，也有人说他真正的父亲是海神波塞冬。这位英雄有大量故事流传下来，引发了多种不同的解读。他既是将国家从恶人手中解救出来的英雄，也是一个心怀遗憾的儿子：因为他的疏忽，父亲埃勾斯投入大海自尽，而那片海域此后便被称为"爱琴海"。

弥诺陶洛斯是在海神波塞冬的设计下出生的，为的是惩罚克里特国王弥诺斯，因为他拒绝向波塞冬献祭一头雄伟的公牛。波塞冬让弥诺斯的妻子爱上了这头公牛，生下了弥诺陶洛斯。他被关在由代达罗斯修建的迷宫里，后来只有忒修斯战胜了他。

忒修斯
雅典国王
父母 埃勾斯（也可能是海神波塞冬）
和埃特拉

弥诺陶洛斯
牛头人身的迷宫怪物
父母 国王弥诺斯之妻帕西菲
和一头本应献祭给波塞冬的公牛
真名 阿斯忒里俄斯

雅典王子和克里特岛

埃勾斯或波塞冬的儿子 雅典国王埃勾斯始终没有儿子来继承王位, 所以一直郁郁寡欢。他专程前往德尔斐求神问卜, 结果换来这样的答复: "抵达雅典之前, 解开羊皮酒袋。"埃勾斯一边琢磨这条神谕的意思, 一边动身返回雅典。他在特洛曾停下休整, 顺便就神谕的含义去请教了国王庇透斯。庇透斯想了片刻, 便让埃勾斯喝了很多酒, 直至他酩酊大醉, 然后就把埃勾斯放在自己女儿埃特拉的床上。那晚, 埃特拉究竟是和谁结合的呢? 毕竟海神波塞冬也出现在了她的梦里。无论如何, 那天晚上, 一个新生命萌芽了。他就是忒修斯。

再次启程时, 埃勾斯对庇透斯说: "如果是个男孩, 你就帮我养大, 以免他卷入那些企图接替我的人的纷争。我会把我的宝剑藏在一块石头底下。总有一天, 我的儿子会找到它。如果他来找我, 我就会同时认出我的佩剑和我的继承人。"

小男孩一天天地长大, 很早就显示出了过人的勇气。在他七岁的时候, 正好赶上赫拉克勒斯杀死涅墨亚巨狮后经过此地, 在他卸下狮皮稍作休息时, 其他小孩子都吓跑了, 只有忒修斯不但没跑, 还勇猛地冲上去, 和这只"小鹿"打斗起来!

初露锋芒 十六岁的时候, 忒修斯就已经长大成人了。他的母亲把他带到压着宝剑的巨石前, 说出了他父亲的身份。年轻的王子非常强壮, 轻轻松松地就把石头挪开了。他告别了从小就认识的亲人和朋友, 踏上了前往雅典的旅程。他没有选择安全但枯燥的海路, 而是走了陆路——与横行在科林斯地峡的强盗和怪物对抗, 反而让他感到很有趣!

他甚至都没空数日子! 这一路上, 他先是杀死了强盗辛尼斯——这个家伙居然把无辜的路人绑在松树上, 然后大力弯起树枝把人弹出去摔死; 再是拿下了一头祸害人和牲畜的巨型野猪; 接着又制服了一个把过路人踢进大海淹死的强盗……最后终于抵达他父亲的城市, 可那里有新的危险在等着他! 原来, 忒修斯出生以后, 埃勾斯又和女巫美狄亚结婚了。美狄亚立刻察觉到了潜在的风险, 决心要把他除掉。她对丈夫埃勾斯说: "这个年轻人来路不明, 很可能是敌国派来的奸细。我已备好毒药, 拿去给他喝吧。"

忒修斯本不想过早被认出，假装要喝下父亲递过来的毒酒，却在不经意间露出了随身携带的宝剑。一眼认出佩剑的埃勾斯赶忙打翻了毒酒，拥抱了他的儿子。至于美狄亚，她也受到了应有的惩罚：国王把她驱逐出城了。此后，在忒修斯的协助下，埃勾斯除掉了所有觊觎王位的人。

智取克里特岛"牛魔王"
但是还没到可以放松的时候。雅典每九年就要向克里特岛进贡七对年轻男女，他们会被送到由代达罗斯修建的迷宫，献给人身牛头怪弥诺陶洛斯。这是雅

典城被克里特岛击败后要付的赔偿。看着这些无辜的人不得不面对残酷的命运，忒修斯愤慨不已，他说："爸爸，这次让我也去吧。"

　　"可是，我的孩子啊……"

　　"放心吧，我不是去送死的，我要的是胜利。我的英勇您是了解的，我一定会带着好消息回来！"

　　埃勾斯叹了口气："好吧！按照我们的传统，你将乘坐挂黑帆的船离开。你要答应我一件事，如果你活下来了，回来的时候要升起白帆。这样，即使从远方，我也会知道你得胜归来！"

　　十四名年轻男女抵达克里特岛的海岸，受到了弥诺斯国王及其家人的欢迎。国王的女儿阿里阿德涅公主对忒修斯一见倾心，不愿见他惨死。夜深人静以后，她来到忒修斯的身旁，递上一

个线球，轻声说道："把这个线球打开，一头绑在迷宫入口处，一头绑在腰间，这样就可以找到来时的路。不过，作为交换……"

"作为交换？"

"如果你活着出来，我想做你的妻子，你要带我一起走。"

忒修斯答应了。

从迷宫到雅典　第二天，忒修斯进入了深不可测的迷宫宫殿，所有被判了死刑的年轻雅典人都胆战心惊地跟在他身后。忒修斯却冷静地按公主所说，边走边徐徐放开线绳。我们不清楚他是怎么赢的——是用宝剑？还是赤手空拳？总之，他杀死了牛头怪，没有一个雅典人受伤。忒修斯凿沉了克里特人的所有船只，然后像他承诺的那样，带着阿里阿德涅公主和其余同伴起航了。他们在纳克索斯岛停下小憩时，美丽的阿里阿德涅公主安心地睡下了。不幸的是，当她醒来时，大船已经开走了：忒修斯离开了她！也许忒修斯的承诺只是迫于无奈；也许是因为酒神狄俄尼索斯也爱着这位公主，命令忒修斯让出阿里阿德涅……

总之，忒修斯热切地想要告诉父亲自己的伟绩。不幸的是，他太兴奋了，以至忘了把黑帆换成白帆。殊不知，父亲埃勾斯每天都要来到海边，把手搭在额前挡住骄阳，眼望蓝色的大海，一心希望早点看见那代表凯旋的白帆。这一天，当他看到那惨兮兮的黑帆时，他便以为儿子死了。万念俱灰的他纵身跳进了波涛翻滚的大海……那片海后来就叫作爱琴海。

怀着深深的内疚，忒修斯隆重地安葬了父亲，继位成为雅典新的国王。

十九和二十世纪

在当代，人们对希腊神话的兴趣并没有减弱，但对它的诠释却发生了很大的变化。艺术家常常依靠神话来探索他们的内心世界，把神话融入私人的世界——尤其是借由神话审视浪漫关系。

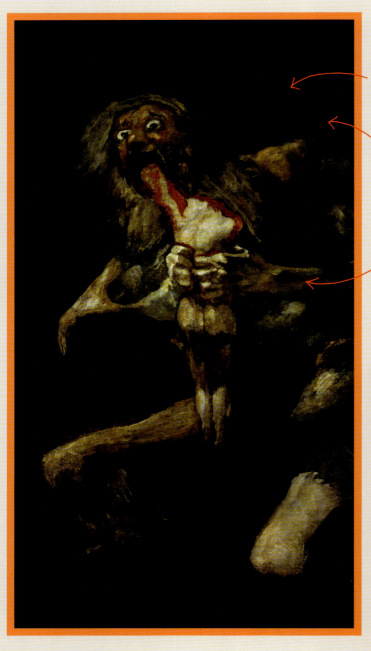

萨图恩的目光充满了恐惧和疯狂

两个人物的赭色和红色在黑色背景上很显眼

婴儿的身体像是成人的翻版

萨图恩食子
弗朗西斯科·戈雅，1819—1823
弗朗西斯科·戈雅是西班牙杰出的宫廷画家
这幅油画为其晚年所作：萨图恩（即希腊神话中第二代神王克洛诺斯）一个接一个地吞噬自己的孩子，以阻止自己的统治将被孩子推翻的预言成真。画面中的萨图恩似乎被自己的行为吓坏了，戈雅因此展现了人类灵魂的黑暗面。

达那厄
古斯塔夫·克林姆特，1907年
这位奥地利画家属于维也纳分离派。在这幅小型油画中，他描绘了宙斯化身一阵金色的雨，与达那厄结合的场景。根据希腊神话，达那厄的父亲由于害怕预言成真，便把她关了起来。
这幅画极具感官美：睡美人裸露的大腿和臀部被置于最前。

即使没有用上真正的透视法，画家也给达那厄的形象赋予了深度

身体、头发和金雨的浅色与紫色和蓝色形成鲜明的对比

金色的雨帘和帷幔用装饰元素勾勒出女性的主题

古老的神话遇上微妙的内心世界

牛头怪和死母马
巴勃罗·毕加索，1936年

在希腊神话中，由于克里特国王弥诺斯没有如约向海神波塞冬敬献公牛，海神施法让他的妻子帕西菲与公牛结合产下一个怪物：人身牛头怪弥诺陶洛斯。从1928年起，毕加索就开始关注这个极具象征性的人物，多次在画作中表现该形象——它兼具人性和兽性，让人联想到男性的力量，可被视为画家内心世界的某种呈现。

达芙妮
朱利奥·冈萨雷斯，1937年

这座高1.42米的青铜雕像是以为了躲避阿波罗的追求而变成月桂树的仙女达芙妮命名的，雕塑家用几何图形表现了一个正在变成树的女孩。雕塑家在把作品送往锻造厂锻造前，需要先完成几版设计图，有时会用到拼贴和绘图。冈萨雷斯热衷于金属作品，他认为雕塑是一种"空间绘画"。

粗壮的脖子表现了兽性

敏感的眼神却展现了人性

画中戴面纱的女性像极了毕加索当时的情人兼模特玛丽-泰蕾兹

作品约一人高；纯粹到极致的图形隐约勾勒出人的轮廓

树枝表明变形正在进行中

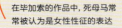
在毕加索的作品中，死母马常常被认为是女性性征的表达

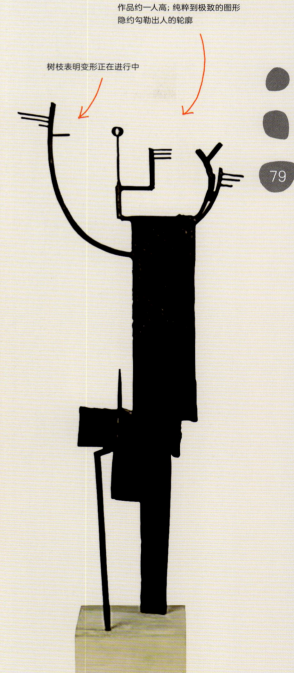

79

伊阿宋

和阿耳戈船勇士

伊阿宋之所以与赫拉克勒斯、俄耳甫斯等希腊最伟大的英雄一起踏上冒险之旅，原本是为了要替父亲夺回王位。但是这次冒险的过程如此丰富多彩，以至于冒险的目的反而退居其次了。风暴、谋杀、爱情、怪物和背叛——通往王权的道路上布满了最危险的陷阱！

伊阿宋 是伊俄尔科斯国王埃宋的儿子，埃宋的王位被他同父异母的弟弟珀利阿斯夺走了。为了保护年幼的伊阿宋，他的父母把他秘密托付给半人马喀戎。长大成人后，伊阿宋回到家乡向珀利阿斯要求拿回王位，叔父让他先取回金羊毛。于是，伊阿宋率领阿耳戈众勇士踏上了征服之旅。

伊阿宋
秘密长大的王子
父母 伊俄尔科斯国王埃宋
和阿尔喀墨得
妻子 美狄亚
孩子 斐瑞斯
和墨耳墨洛斯

美狄亚 是一个狂热而残忍的女人，为达到目的甚至不惜诉诸谋杀。爱上伊阿宋后，她心甘情愿地付出一切，只为让心上人和阿耳戈船勇士们胜利返乡；但当伊阿宋移情别恋时，她为了报复，竟亲手杀死了他们的儿子。

美狄亚
神通广大的女巫
父母 科尔喀斯国王埃厄忒斯
和大洋神女伊底伊阿
祖父 太阳神赫利俄斯
先与伊阿宋成婚，
后与雅典国王埃勾斯成婚
是多个孩子的母亲——关于这一点说法
不一。悲剧诗人一般把她的儿子
叫作斐瑞斯和墨耳墨洛斯

夺取金羊毛的伟大旅程

伊阿宋归来　当伊阿宋出现在篡位的叔父珀利阿斯面前时，他的打扮十分奇特：他双手各持一支长矛，上身披着豹皮，最重要是只有一只脚上穿着鞋。他看上去很粗野，实际上却是个聪明人：他是由半人马喀戎抚养长大的，后者教了他科学和医学。一看到这个年轻的陌生人，珀利阿斯就知道倒霉的时日到了，因为有一位预言家曾对他说："有个只穿一只鞋子的人会到你这里来。要小心他！"

珀利阿斯没兴趣知道他在和谁打交道，只是问："如果有人想取代你，你会怎么做？"

天真的伊阿宋答道："我会让他去拿金羊毛……"

珀利阿斯哈哈大笑，说："真是个好主意！既然如此，年轻人，你就去把金羊毛给我拿回来吧！"

伊阿宋只能服从，去尝试这个不可能的任务，因为这是他自己无心设下的陷阱。

以雅典娜之名　金羊毛是献给战神阿瑞斯的，在一个遥远的叫作科尔喀斯的地方由一条龙守护着。要到达那里，必须得渡过攸克辛海（如今叫作黑海）。伊阿宋让建筑师阿耳戈斯给他造了一条船。这期间，他们还得到了雅典娜的帮助：雅典娜从一棵献给宙斯的橡树上凿下了一块木料，做成船首送给伊阿宋。这条船被命名为"阿耳戈号"，既是因为它速度很快（希腊语中"Argos"就是快的意思），也是为了纪念它的建造者。跟随伊阿宋上船、帮助他取金羊毛的五十位勇士就被称作阿耳戈船勇士。

考验重重的旅程　在楞诺斯岛上，妇女们都想嫁给阿耳戈船勇士，好生下英勇健壮的孩子。最后还是赫拉克勒斯把大家带回到船上。在库最科斯半岛上，他们先是被一群巨人围困，后又被巨人之母瑞亚发动的风暴困住。在一场划船大赛上，伊阿宋和赫拉克勒斯赛成平手，可这之后又有另一场考验等待着他们：年轻的许拉斯被派上岸打水，可是水泽仙女们被他英俊的相貌迷住了，竟把他掳到一潭泉水里。许拉斯的好朋友赫拉克勒斯和波吕斐摩斯整夜地寻找他。最后，阿耳戈号只好遗憾地先走了。在下一站，宙斯的儿子、运动好手波吕丢刻斯与一个声称是摔跤天下第一的国王比赛，毫不意外地战胜了这位"天下第一"。随后，阿耳戈船英雄们解救了被怪鸟哈耳庇厄攻击的国王菲纽斯。为了感谢他们，精通占卜术的国王向他们透露：你们会遇到两块蓝色的"撞岩"，它们会把经过的船只夹住，把船只夹得粉碎。你们可以先放出一只鸽子，看它如何飞出困境，阿耳戈号就照做。后来，他们放出的鸽子只有尾部的几根羽毛被撞岩夹落了，阿耳戈号也是刚好通过，只有船尾受到轻微影响。在经历了许多冒险之后，阿耳戈船勇士们终于到达了科尔喀斯。

美狄亚的巧计　伊阿宋去见国王埃厄忒斯，向他解释此行的目的。国王没有拒绝，也没答应，他只说："看到那边的两头公牛了吧？"远处果然有两头巨大的铜腿公牛在吃草，"这是火神赫淮斯托斯送给我的礼物，它们会喷火，从没干过活。你们给它们套上轭，犁好地后，就把龙牙种下。"

伊阿宋沉默了。这样的难事怎么能完成呢？看着英俊的伊阿宋愁眉不展，国王的女儿美狄亚心里充满了爱意。她款款走到心上人面前，低声对他说："我是女巫，按我说的做，你就会通过考验。当你取得胜利后，我只求你答应我一件事。"

"什么事？"

"带我一起远航，让我做你的妻子。"

美狄亚很漂亮，伊阿宋有什么理由拒绝这个救他一命，又没别的缺点的姑娘呢？

美狄亚偷偷递给伊阿宋一瓶药膏，让他涂在身上，这样就不会被公牛喷出的火灼伤。龙牙被种下后会变成武士，这一点美狄亚也告诉伊阿宋了，她还交代他之后的每一步该如何行动。

胜利逃亡　伊阿宋涂好药膏，为两头公牛套上轭，就开始耕田了。犁好了田，他把国王交给他的龙牙种在犁沟里。不一会儿，他听到背后有刀剑的响声，就按照美狄亚吩咐他的去做。他捡起几块石头，扔到了他们中间去，结果这群新生的武士，前面的以为后面的揍他，后面的以为前面的在打他，顿时乱作一团。伊阿宋只要在一旁看着他们自相残杀就好了。

完成这项任务后，伊阿宋以为让他千里迢迢赶来的那件宝物就能到手了！

他前去见埃厄忒斯，满以为会得到金羊毛作为奖赏，但令他吃惊的是，国王竟吐了口唾沫，说："给你们一天时间，赶紧离开，不然我烧了你们的船！"

伊阿宋千辛万苦地来，怎么会空手而去呢？他又向美狄亚请教。夜幕降临以后，公主带他们来到献给阿瑞斯的圣林，那里有一条龙日以继夜地看守着珍贵的金羊毛。美狄亚用瞌睡咒和一种魔药让这个可怕的守卫沉沉地睡去了。这样，伊阿宋就拿到了金羊毛，和其他阿耳戈船勇士——当然还有美狄亚——一起逃跑。

一路上，美狄亚公主无数次地伸出援手，帮助伊阿宋和阿耳戈船勇士。面对困境，她丝毫不恐惧，也不退缩，只为能和心里选定的人在一起……而她也将为这个选择付出一生的代价。

珀耳修斯

战胜美杜莎的大英雄

珀耳修斯是个孝顺的儿子：他一生都在保护他的母亲达那厄，不让那些心怀不轨的人伤害她。他是个勇士，战胜了可怕的蛇发女妖美杜莎。他也是个善良的人，为了摆脱将会杀死外祖父的黑暗预言，他尽了全力。

珀耳修斯 一出生就受到了神谕的诅咒：他会亲手杀死外祖父阿克里西俄斯。由于是宙斯的私生子，他和母亲达那厄一起被放在一个箱子里，投入大海，随波漂流。后来，在宙斯的暗助下，箱子漂到了塞里福斯岛，母子两人就在这里上岸。可岛上的僭主波吕得克忒斯却爱上了达那厄，千方百计地想把珀耳修斯赶走。

珀耳修斯
保护母亲的勇士
父母 宙斯和达那厄
妻子 安德洛墨达
和安德洛墨达生的七个孩子
珀耳塞斯、阿尔开俄斯、斯忒涅罗斯、
赫勒俄斯、墨斯托耳、
厄勒克特律翁和戈耳工福涅

达那厄
宙斯的猎物
父母 阿耳戈斯国王阿克里西俄斯
和王后欧律狄刻
与宙斯结合
孩子 珀耳修斯

达那厄 是阿耳戈斯国王阿克里西俄斯的独生女。一次，阿耳戈斯国王去问神谕，想知道女儿是否会给他生一个宝贝外孙。可神谕却说，如果达那厄生子，反而会把他杀掉。为了逃避厄运，阿克里西俄斯建造了一个地窖（也有人说是个宝塔），把他那不幸的女儿锁在里面。但是宙斯却化作一阵黄金雨，穿过屋顶的缝隙，洒入屋内与达那厄幽会。珀耳修斯就这样诞生了。

84

珀耳修斯的战斗

珀耳修斯和达那厄被流放 阿克里西俄斯为了不让追求者接近女儿达那厄，就把她关进了地窖，可他没考虑到拥有各种变形能力的众神之王宙斯呀！他化身为一阵黄金般的细雨，洒入了达那厄的房间。就这样，珀耳修斯诞生了。看到木已成舟，阿克里西俄斯把女儿和小外孙放在一个木箱子里，又把箱子扔进了大海。在宙斯的微风相助和仁慈庇佑下，他们一路漂到了塞里福斯岛，珀耳修斯就在岛上长大。这孩子逐渐成为一个勇敢的年轻人，只有一件让他烦恼的事：岛上的僭主波吕得克忒斯对达那厄百般纠缠，珀耳修斯也成了波吕得克忒斯的眼中钉、肉中刺。他想了一条毒计，意在除掉珀耳修斯。一天晚上，波吕得克忒斯大摆宴席，假意宣布要迎娶美女希波达弥亚。他对在场的人说："我的朋友们，你们都会送我什么贺礼啊？"

"一匹马！"有人喊道。

"美杜莎的头！"放下了戒心的珀耳修斯提议。

狡猾的波吕得克忒斯当即命令珀耳修斯去取美杜莎的头。这简直是不可能完成的任务！

众神相助 美杜莎和她的两个姐姐被叫作戈耳工。姐妹三个的头发都是毒蛇，她们还都长着野猪的獠牙、青铜的手爪和金色的翅膀。最绝的是，她们的眼神能把人瞬间石化！珀耳修斯要怎么打败这样的敌人？好在，奥林匹斯众神没有坐视不管，因为宙斯想保护他的儿子。雅典娜送给珀耳修斯一个金属盾牌，这个盾牌表面光滑锃亮，可以用来照见蛇发女妖，避免直视她；赫耳墨斯给了他一把削铁如泥的宝剑，可以用来砍掉美杜莎长满鳞片的脖子，还把自己的飞翼靴借给了他，让他可以悄无声息地接近女妖；连远在地下的冥王哈得斯，都把自己的隐身头盔借给了珀耳修斯，这样，敌人杀到跟前了，美杜莎都完全不会察觉！

装备整齐之后，珀耳修斯就出发了。可戈耳工女妖藏得太好，众神都不知道她们在哪里。于是珀耳修斯就先去了戈耳工们的三个姐姐——格赖埃女妖的巢穴。这三个女妖共用一只眼睛和一颗牙齿，谁需要的时候谁就拿过去。珀耳修斯潜伏在暗处，耐心等待着。等到她们交换眼睛和牙齿时，他就一个箭步冲上去，一把全给夺了过来。他威胁说：要是不透露蛇发女妖的藏身地，她们休想拿回眼睛和牙齿。

格赖埃女妖咆哮道："去找冥河仙女们，她们会告诉你！现在，快把眼睛和牙齿还回来！"

但珀耳修斯什么都没有还，让格赖埃继续活在黑暗之中。

智取美杜莎 珀耳修斯头戴隐身头盔，脚踏飞翼靴，一路疾行，来到了蛇发女妖的老巢。果然，蛇发三女妖斯忒诺、欧律阿勒和美杜莎就在此处。这里还有好多姿势怪异的人形雕像，有的在拼命地逃跑，有的正要转身，都还没来得及捂上双眼——原来都是被蛇发女妖的目光石化了的人！珀耳修斯拿起雅典娜的镜面盾牌，往后退了退，这样就可以清楚照到正在熟睡的女妖。美杜莎好像听到了动静，睁了睁眼，可看看四周，什么都没有。说时迟，那时快，一柄利剑横空出现，一下就砍下了她的头——脖子上粗糙的鳞片也没能保护她！美杜莎就这样被斩首了，从她的血里蹦出了长有翅膀的白马珀伽索斯和手持黄金宝剑的巨人克律萨俄耳。

"谁杀了美杜莎？！"斯忒诺吼道。欧律阿勒也迷惑不解："不知道啊！杀我们妹妹的凶手在哪里？我们要送他下地狱！"她们边喊边四下查看，却连个人影都看不到。

珀耳修斯把美杜莎的头塞进一个袋子里，一溜烟地飞走了。

无可匹敌的武器 珀耳修斯穿着飞翼靴长途跋涉，经过一个小岛时，他看到了奇怪的一

幕: 一个美丽的女子被绑在礁石上, 面朝大海, 泪流不止。英雄急忙过去, 问围观的人是怎么回事。

原来, 这个公主叫安德洛墨达, 是埃塞俄比亚王后卡西俄珀亚的女儿。卡西俄珀亚自称比海中神女们都美丽, 激怒了众神女。她们集体到海神波塞冬那里告状, 结果无辜的公主就被绑在这儿替母赎罪, 随时都有被海怪吃掉的危险。这就是凡人出言不逊的代价!

珀耳修斯当即立下誓言: 如果人们答应把安德洛墨达许配给他, 他就一定会杀了海怪。国王当然同意了! 可当戴着头盔、拿着宝剑、穿着飞翼靴的珀耳修斯打败海怪之后, 安德洛墨达原来的未婚夫菲纽斯却来阻拦, 珀耳修斯于是从袋子里掏出美杜莎的头, 瞬间就让所有挡道的人变成了石头, 终于娶到了心上人。

当然, 他并没有忘记自己的母亲达那厄。他带着美杜莎的头 (这颗头颅一直保持着魔力) 回到母亲身边, 看到波吕得克忒斯还是缠着她不放时, 他就掏出美杜莎的头, 把他也给石化了。做完这一切, 珀耳修斯归还了众神的宝物。至于美杜莎的头, 珀耳修斯把它献给了雅典娜。雅典娜把它固定在自己的盾牌上, 这样, 战神雅典娜就愈加不可阻挡了!

神谕难违　这些年来, 阿克里西俄斯一直希望预言会被证明是错误的, 希望达那厄的儿子永远不会杀死他。可还真是 "人算不如天算"。有一天, 珀耳修斯参加了在珀拉斯戈举行的运动会, 他掷了一个铁饼, 可是力气太大, 不小心扔到了观众席上, 把一位老人砸死了。那位老人正是阿克里西俄斯。珀耳修斯伤心得发狂, 毕竟也是从未谋面的外祖父啊。他厚葬了阿克里西俄斯, 统治了迈锡尼很多年, 还在此地建造了防御工事。

珀耳修斯和安德洛墨达死后, 都被宙斯升上天变成了星座, 即英仙座和仙女座。

俄耳甫斯
最伟大的音乐家

俄耳甫斯堪称声音的魔术师。每当俄耳甫斯的乐声响起，不论是动物、植物，还是人，甚至最严厉的神，都深深地为之沉醉。他的这种天赋是从他的母亲——缪斯女神卡利俄珀那里继承来的。

俄耳甫斯疯狂地爱着自己的妻子，即仙女欧律狄刻。当她去世后，绝望的他决心要把爱妻从冥国带回。俄耳甫斯神话的中心主题是爱情在死亡面前的挫败：即使是最强烈的爱，面对死亡的不可逆转性也毫无办法。

俄耳甫斯
悲恸欲绝的爱人
父母 河神俄阿格洛斯
和缪斯女神卡利俄珀
妻子 仙女欧律狄刻
圣物 里拉琴和基萨拉琴

缪斯众女神
艺术的保护神
父母 宙斯和记忆女神谟涅摩叙涅

除了俄耳甫斯的母亲卡利俄珀，还有八个姐妹：克利俄、厄拉托、欧忒耳珀、墨耳波墨涅、塔利亚、波吕许尼亚、忒耳普西科瑞和乌拉尼亚。

缪斯女神是司掌音乐乃至所有艺术的女神。掌管史诗的卡利俄珀通常被认为是最重要的一位。克利俄掌管历史，厄拉托掌管抒情诗，欧忒耳珀掌管音乐（她的乐器是笛子），墨耳波墨涅掌管悲剧，塔利亚掌管喜剧，波吕许尼亚掌管圣歌，忒耳普西科瑞是舞者的保护神，而乌拉尼亚则掌管天文。

冥国寻妻的一往情深

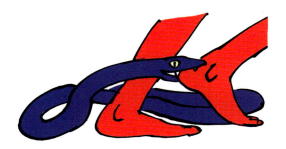

知音相逢　俄耳甫斯住在希腊东北部的色雷斯。每天从早到晚，他都抱着阿波罗送的里拉琴，深情地弹唱。他的音乐仿佛有魔力，把周遭的一切都迷住了：花儿开得更欢了，草木侧耳倾听，小动物们顺从地跟在他身后，连人类也停止争吵，生怕错过了人间最美的旋律。俄耳甫斯还发明了一种九弦琴，向母亲卡利俄珀等九位缪斯女神致敬。这就是基萨拉琴。

一天，俄耳甫斯像往常一样在色雷斯的乡间尽情弹唱。突然，他看见一个年轻的山林仙女在跳舞，他的心扑通扑通地跳起来：这就是他想携手共度一生的人！一时间，他的琴声变得更加悠扬了，比以往任何时候都更动人。鸟儿围绕着他飞来飞去；小鹿、野兔、狼和野猪都列队陪着他，不再去想追逐嬉戏的事。仙女欧律狄刻也寻声而去，专心聆听。当两人终于四目相对时，欧律狄刻也坠入了爱河！

从此以后，这对恋人形影不离，哪里有俄耳甫斯，哪里就有欧律狄刻。如果在乡间碰上了正在散步的欧律狄刻，很快就能听到里拉琴或基萨拉琴的乐声。

可是，幸福的时光似乎总是短暂的。

致命的追逐　一天，阿波罗之子阿里斯泰俄斯在色雷斯的乡间看到欧律狄刻独自起舞，他想亲吻她，还想把她抱在怀里。可欧律狄刻才不愿意呢！她飞快地逃到了珀涅俄斯河畔，阿里斯泰俄斯在后面紧追不舍。欧律狄刻赤脚跑过了草地，好不容易把追求者甩开了，却突然痛苦地尖叫了一声，摔倒在地：一条蛇咬了她的脚后跟。阿里斯泰俄斯见状，竟自己躲了起来。等俄耳甫斯闻声赶到时，已经太迟了！他眼看着心爱的欧律狄刻吐出最后一丝气息。从此以后，俄耳甫斯满目哀怨，琴声中只有心碎和凄凉。他对那些冲他含情微笑的女人们视而不见，对在他身旁追逐的小鹿们也毫无反应。他的眼中只有欧律狄刻，他的整个灵魂都被她占据。

他意识到，如果继续这样下去，他会活生生地因悲伤而死，或者是成为一个虽生犹死的鬼

魂。他做了一个决定："我要把欧律狄刻从冥国带回来！"

他踏上了去往希腊西北部伊庇鲁斯的路，据说在那里有一个通往冥国的入口。

冥国中的寻妻人 一路上，俄耳甫斯常常弹琴以缓解如影随形的痛苦。好几天之后，他终于来到了一个深不可测的山谷，里面漆黑一片，没有一丝阳光，谷底流淌着一条河。俄耳甫斯顺着宽阔的河流往前走，不一会儿就来到一个山洞前，河水流进山洞后就硬生生地消失了。他知道，冒险这才真正开始，而且他可能回不来，因为他的大胆行为毫无疑问会受到冥王哈得斯和冥后珀耳塞福涅的惩罚：冥国不会放进任何一个活人，更不会让任何一个死人出去。俄耳甫斯是在公然挑战世间秩序，真大胆！但此时的他，早已把自己的生死放在了身后。找到爱妻是他唯一的心愿，这个念想很疯狂，但总归是一份希望。

到了这里，一直陪伴着他的小动物们都不敢再往前走了。于是，俄耳甫斯在音乐的陪伴下只身踏入山洞。走了一会儿后，他看到一个神态狂野的老头。看上去几近透明的亡灵挤在老头身边，争相递给他一枚奥卜尔银币，好爬上他的船，渡到冥国。俄耳甫斯没有银币，而且他也不是亡灵。可是他的琴声如泣如诉，那个吓人的老头一时忘记了自己的使命，就让他上了船。

和哈得斯的交易 俄耳甫斯继续演奏，一刻都没停。渡过冥河后，俄耳甫斯来到了冥国守护者——蛇尾三头犬刻耳柏洛斯的跟前。在这一关，音乐再一次创造了奇迹，三头犬被美妙的旋律迷住，顺从地躺下了，俄耳甫斯也就通过了关卡。

那一天（或者可能是一个晚上），在塔耳塔洛斯被罚永远受折磨的魂灵们经历了片刻的安宁：坦塔罗斯听到这非凡的音乐，竟然忘记了饥饿和干渴；被西绪弗斯推上山顶的巨石，也头一次因为心动而忘记了滚下……

俄耳甫斯终于来到了冥王哈得斯和冥后珀耳塞福涅面前。他们当然知道他的要求是什么，一直在等着他呢；当然，他们也早早地决定了要拒绝他。可是，俄耳甫斯那交织着悲伤和甜蜜的琴音深深地渗透到他们的心里，让他们不禁想起了自己埋藏已久的回忆、和煦的阳光、欢笑和拥抱……他们记起了爱情的模样。过了很久，哈得斯开口说道："我们可以实现你的愿望……"

"不过有一个条件，"珀耳塞福涅补充说，"欧律狄刻会跟在你身后，和你一起回到地面。但如果你转身去看她，你会再次失去她——永远地失去她。"

奔向幸福 俄耳甫斯欣喜若狂。千恩万谢之后，他踏上了漫长的归程。他的身后没有一丝声响。"这很正常，"他自言自语地安慰自己，"人的灵魂都是这样轻轻的，沉默不语的。"然而随着时间推移，他开始惴惴不安起来。万一他心爱的人没有跟在他身后怎么办？已经快到地面了……突然，一种无法抑制的冲动让他转过了身。他看到欧律狄刻向他伸出了双手，可是一股看不见的力量正在把她拖回到那万劫不复的黑暗中，她就这样消失了……

就这样，俄耳甫斯一个人回到了地上，比以往任何时候都更孤独。这一次，他失去了一切希望。他回到了家乡，色雷斯的女人对着他微笑，试图和他说话，可他如行尸走肉，目光如死灰。终于，他死了。俄耳甫斯的灵魂到了冥国，和欧律狄刻团聚了，从此再也不分离。

艺术品图片版权索引